Øjeblikke - Små hverdagshistorier

En antologi

Forord

"At skrive er at leve" – en omskrivning af et citat af H.C. Andersen
"At rejse er at leve".

Vi er mange, der elsker at skrive. Måske ofte for os selv, men vi kan også godt lide, at der er andre, der har lyst til at læse, hvad vi skriver.

H.C. Andersen er stadig inspirerende, og da vi deltog i arrangementet "Gyldne dage i Præstø" her i 2024, som netop indeholder tiden, hvor han levede og skrev sine eventyr, udskrev vi en konkurrence om at skrive en lille hverdagshistorie, og 20 forfattere tog handsken op, så der kom endnu en Antologi til verden.

"Øjeblikke – små hverdagshistorier". En antologi.

Det har været underholdende og oplivende at læse så mange forskellige fortællinger og meget svært at vælge, hvilken, der skulle vinde konkurrencen. Nogle historier er måske fiktive, og der er også et par eventyr imellem og andre indeholder de små dejlige oplevelser, vi kan få, når vi lægger mærke til dem.

Mange af os har så travlt, at vi glemmer at bemærke de små
"Øjeblikke", der gør livet værd at leve.

Håber denne Antologi kan hjælpe os til at huske dem.

Vi takker alle medvirkende, hvor den yngste er 9 år og den ældste
82 år. Alles indslag er medtaget, næsten som de er modtaget, for
at give forfatterne mulighed for at opleve deres egen fortælling,
så personlig, som den er skrevet.

På vegne af Sandvig Folkeoplysning og Fortælleværksted og
Bogforlaget i Sandvig.

Lone Rytsel - 2024

P.S. Sidste år udkom "Eventyr-antologi 2023" og det har været så
morsomt også at lade så mange lokale forfattere komme til orde
i år, at vi sikkert gør det igen til næste år. Har du lyst til at være
med, men ikke nåede det i år, så følg med på vores hjemmeside:
Sandvig-folkeoplysning.dk, når vi gør det næste gang.

Kolofon:

Oktober 2024
Udgiver: Sandvig Folkeoplysning
© 2024 Lone Rytsel
Forlag: BoD · Books on Demand GmbH, In de Tarpen 42, 22848 Norderstedt, Tyskland
Tryk: Libri Plureos GmbH, Friedensallee 273, 22763 Hamborg, Tyskland
ISBN: 978-87-4305-961-5

Indhold

Tørresnoren og Den lille kone - Natasja Lee Dickinson

Den sitrede glad i vinden, Tørresnoren. Kunne ikke hænge stille når den så Den lille kone med knælang kjole og det farvede forklæde komme nærmere.

Hendes ansigt så nogle gange glad og drømmende ud, men kunne også se mere træt og bekymret ud. Tørresnoren kendte hende ud og ind. I mange år så de hinanden hver dag og den kunne mærke hendes sindsstemning når hendes fingre satte klemmerne omkring snoren.

Tørresnoren havde på Den lille kones trætte og mere triste dage mest af alt lyst til at holde omkring hende og trøste hende med de fine lagner og dyner hun hang op. Den havde lyst til at bede hende trække vejret stille og rolig for en stund, men den evnede det ikke som den stod der med snorene spændt ud imellem 2 fyrtræs stolper, fikseret i hver deres ende. Den kunne blot se og blafre i vinden men ikke røre og trøste, ej heller ikke tale.

Den lille kone kom ofte ud til Tørresnoren når vinden var kraftig og fyrig eller når sommerens varme sol landede på de omkringliggende dyrkede marker. Rutinen var den samme hver gang, Først stillede hun vasketøjskurven fra sig, tog et stykke tøj op og rystede det. Derefter satte hun tøjet fast på tørresnoren. Så kom tørretiden og derefter tog hun igen klemmerne af og lagde tøjet i kurven.

Årene gik slav i slav og Tørresnoren fulgte med hele vejen. Den blev pavestolt da Den lille kone fødte sit første barn – en lille dreng som lå i vasketøjskurven i det fineste babytøj. Tøj der var blevet tørret på Tørresnoren. En dag var drengen stor nok til at hjælpe med vasketøjet men ikke høj nok til at tage det ned, så han hoppede og rev i tøjstykkerne til klemmerne sprang af. Det sled og gjorde ondt på Tørresnoren. Men den holdt ud og blev aldrig træt af at hilse på Den lille kone, for hendes gøremål med vasketøjet var - for Tørresnoren - dagens højdepunkt.

Sommer og vinter kom og gik. Varme og kulde var ikke noget problem for Tørresnoren men efterårets stride storme sled hårdt på den gamle snor og en dag knækkede den. Den forsøgte at binde sig selv sammen igen ved hjælp af vinden som flittigt fik snorene til at gå i kludre, men lige meget hjalp det, Tørresnoren måtte nu finde sig i at blive taget ned og endda se en ny fin snor komme op.

Tørresnoren græd da den blev lagt i Den lille kones mørke forklædelomme. "Nu er det slut" tænkte den, "Nu bliver jeg smidt ud." Men inde i hovedhusets varme køkken tog Den lille kone snoren op af lommen og flettede den sammen til et fint brugbart hårbånd.

" Du har tjent mig godt i mange år men nu er du slidt op af det hårde arbejde udendørs. Heldigvis kan du stadig bruges, for intet er ubrugeligt så længe nogen ser værdi i det." Derefter satte hun hårbåndet i sit mørkt krøllede hår imens hun kiggede sig i spejlet og smilede. Tørresnoren rankede ryggen og følte igen at den kunne bruges til noget. Endeligt kunne den holde om og passe på Den lille kone, lige som den altid havde drømt om.

Man skal huske at en nænsom berøring af en kvindes hår altid er et kram fra ét hjerte til et andet.

Morgen – Marianne Christensen

Jeg hoppede et skridt til siden, så min morgenkåbe åbnede sig, da jeg fik øje på de to mænd i næsten ens mørkt tøj, som kom gående på fortovet. De blev lige så forskrækkede over at se mig dukke frem bag hækken, og i ren forvirring sagde vi alle tre godmorgen samtidig.

Jeg fik hurtigt samlet morgenkåben og strammet bæltet igen.

Min indre stilhed var brudt.

Jeg har ikke mange ritualer i mit liv, men det ene, som jeg holder fast i, udfører jeg til gengæld hver eneste morgen fra mandag til fredag. Når morgenens personlige rutiner er overstået, griber jeg mit nøglebundt, låser hoveddøren op og går de få fra skridt i indkørslen hen mod fortovet, hvor min postkasse er skruet fast på hegnet ind til naboen. De fleste beboere på min stille villavej kører i bil eller cykler til job og skole, så det er yderst sjældent, at nogen kommer gående på fortovet. Men altså lige i dag kom de to mænd gående, en ældre og en ung. Måske far og søn. Jeg kan ikke mindes, at jeg har set dem før.

Jeg undlod at gå ind i dybere spekulationer over, hvem de er og gik ind med avisen, som jo var den, jeg var gået ud for at hente i postkassen. Jeg går sjældent ud i morgenkåbe, men lige i dag havde jeg ingen planer og behøvede ikke at klæde mig pænt på. Der plejer jo ikke at være nogen på fortovet.

I de senere år er der sket mange forandringer på min vej. For nogle år siden, kørte der flere gange i løbet af dagen store busser, der fik huset til at ryste. De stoppede lige ude foran mit hus, og det havde jo været praktisk, hvis jeg havde haft brug for det. Vejen var bredere dengang, hvor der på den ene side, min side, kun var én række fliser i fortovet, og bilerne parkerede på begge sider. Somme tider var det svært for bussen at komme forbi.

Jeg husker ikke længere årsagen til, at vejen blev bygget om, så den blev smallere. Men det betød, at der kom to rækker fliser i fortovet på begge sider, og reglerne for parkering blev ændret, så det kun er tilladt at parkere i den ene side af vejen. Busserne lagde ruten om og kørte en anden vej, så det nu kun er skraldebiler og flyttebiler, der kommer en gang imellem. Ellers kører her kun personbiler og en sjælden gang en ung mand på knallert eller på et elektrisk løbehjul.

Og dog. Min nabo er ved at bygge om i et større hus, og der har det sidste halve år været en uendelig strøm af store lastbiler med kraner til at levere byggematerialer. Det forstyrrer min morgenrutine, avislæsningen, når der pludselig holder en stor lastbil med motoren kørende, mænd som råber og kranen, der larmer.

Det var en kold septembermorgen og måske upassende at gå ud på offentlig vej i morgenkåbe, som ovenikøbet kunne springe op. Da jeg endelig kom ind i min lune stue og straks gik i gang med at lægge en pind i brændeovnen, gik det op for mig, at de to mænd må have undret sig over at se mig i den mundering. På den anden side var det så kort et møde, da de gik forbi mig, at de næppe havde tid til at bemærke min påklædning. Jeg bemærkede jo, at den unge mand så mig i øjnene, da han lige drejede hovedet og sagde godmorgen.

Jeg har vænnet mig til livet her på den stille villavej, hvor jeg har boet i 38 år og set familier med små børn, som igennem årene er vokset op og flyttet hjemmefra. Ældre mennesker er døde, og nogle er flyttet på plejehjem eller andre steder hen. Vi er kun tre beboere tilbage, som har boet her i så mange år.

Endelig fik jeg åbnet avisen for at læse dagen nyheder. Det var nedslående læsning i en tid med krige ude i verden. Til gengæld var der lunt og godt i min stue med de lystige flammer i brændeovnen.

De to mænd var over alle bjerge, morgenkåben var lukket, og der var atter stilhed i mit sind.

Efterårstanker - Gitte Navne Gram Rasmussen

Det var en dårlig dag for Ina. Hun følte sig træt og trist.

Det var et år siden hendes mor døde, og hun savnede sin mor rigtig voldsomt. Hun havde haft så mange gode oplevelser sammen med sin mor, og da hendes mor fik konstateret kræft for tre år siden, håbede både Ina og hendes mor, at hendes mor ville blive rask igen. Men lægen havde rystet på hovedet, da de var på Slagelse Sygehus til samtale hos ham. Han sagde, at hendes mor kun havde ca. 1,5 år tilbage at leve i. Det var kræft i tarmen, og der var ikke noget at gøre. Det havde bredt sig til organerne.

Ina tog sin frakke på og snørede sine vandresko. Hun ville gå op på Snesere Kirkegård og besøge mors gravsted. Hun gik ad vejen ned mod Brøderupvej og til venstre. Der var ikke så langt at gå, måske et par kilometer.

På vejen tænkte hun på, da hun havde siddet sammen med sin mor i haven om sommeren. Sommer-fuglebusken havde været fuld af sommerfugle i forskellige farver. De havde åbnet en flaske rosevin, og de havde skålet. Solen skinnede, og mor havde været glad.

Hun tænkte også på alle de ture, de havde kørt til Næstved Storcenter for at handle om fredagen. De havde hygget sig. De gik som regel på Solo Pizza og købte et glas hvidvin hver og sad og hyggede, og nogle gange købte de en bakke pommes frites, som de delte. Mor havde set pæn ud. Hun havde haft sin fine halskæde på og en pæn bluse. Det var nogle af de gode stunder.

Hendes tanker blev ledt hen på den sidste tid. Mor lå i hospitalssengen i sin egen stue, og Ina havde passet hende. Det var gået hurtigt ned ad bakke, og Ina havde besluttet at sove i lejligheden hos sin mor, så hendes mor ikke var alene. Mor skulle have flere og flere smertestillende morfinpiller, og det medførte, at Ina ikke længere kunne tale med mor. Der kom sygeplejersker og hjemmehjælpere og udførte de opgaver, som de skulle. Der kom også familiemedlemmer og venner på besøg, men snart ebbede besøgene ud, og Ina var alene med sin mor.

Hvor ville hun gerne have kunnet sidde og holde sin mor i hånden og tale med hende om alt muligt. De kunne have delt minder og have talt om far, som døde for flere år siden. Men mor var ikke vågen.

De havde nået at tale om, hvordan mor ville her fra. Hun ville bisættes og brændes, og så ville hun på de ukendtes grav ligesom far. Ina havde bedt hende om at tænke over det. Ina ville gerne have et gravsted, som hun kunne gå til, når hun havde lyst. Men mor var stejl på det punkt. Der skulle ikke være et gravsted.

Ina var nu nået til kirkegården og gik ind ad lågen. Det var en flot kirkegård, som blev passet fint af personalet. Den var nærmest som en park. Hun gik hen til de ukendtes gravsted, som var en stor grå sten med en springende buk på. Hun havde taget en håndfuld morgenfruer med, som hun satte i vand i et kræmmerhus foran stenen.

Hun stod lidt og tænkte på sine forældre. Nu var hun den ældste i familien. Der var kun hendes yngre bror tilbage, men de sås nu ikke særlig tit. Han boede i Veksø ved Roskilde og havde sine dæmoner at slås med.

Hun gik lidt rundt på kirkegården og kiggede. Der lå Marianne, som var hendes mands tidligere kone. Hun havde efter sigende været en glad, sød og kærlig kvinde, som havde nemt ved kontakt med andre men

mennesker. Hun var taknemmelig for, at hun havde fået lov til at adoptere Mariannes to piger, som blev hendes døtre, da de stadig var børn. Det var okay, at hun var den ældste. Hun havde børn, svigerbørn og børnebørn, der elskede hende, og en mand, som også elskede hende. Hvad kunne hun ønske sig mere?

Hun gik ud af lågen igen og smilede for sig selv. Hun ville gå hjem og lave sig en kop kaffe. Sætte sig og løse en kryds og tværs. Hun nynnede, da hun gik hjem.

Et landsbyliv – kærligt, men med kanter – Lene Holm Hansen

"De er fra København," sagde de med et skævt smil, da min daværende mand og jeg ankom til den lille landsby med sine 62 huse, den smalle havn og gadekæret, som spejlede himlen på rolige dage. Det var som at træde ind i en anden verden.

Vi var dog ikke fra storbyen, men fra Haslev, og da vi i 2002 købte vores hjem her, havde vi ingen anelse om, hvad der ventede os. Vores søn skulle vokse op i dette rolige, tilsyneladende idylliske samfund, men dvi blev hurtigt konfronteret med, at livet på landet havde sine egne spilleregler.

Landsbyboerne var ikke ligefrem hjertelige fra start. Den forestilling om venlige naboer, der kom over hækken med kaffe eller øl, eksisterede næsten ikke. Og da vi fik hund, som ikke lige kendte til matriklens usynlige grænser, skabte det mere afstand end nærhed. "De er også fra København," lød det igen. En kold mur mellem os og dem.

Gården, vi købte, bar på sine egne hemmeligheder. Udover at være et sted fyldt med liv og håb, boede der en usynlig beboer – en vi aldrig så, men ofte fornemmede. Hunden stirrede i tomme hjørner, som om noget bevægede sig, og vores søn hørte lyde, der mindede om skufferne der åbnede og lukkede sig, som om gården levede sit eget liv. Det var både fascinerende og lidt skræmmende – en underlig kontrast til de stille, mørke aftener, hvor vinden sang mellem piletræerne og skabte skygger, der satte fantasien i gang, hvor jeg til tider var af den overbevisning, at der gik en rundt uden for og kiggede ind til os, men hunden sagde aldrig noget.

Livet på landet krævede tilpasning. Vi var ikke naturmennesker, og vores første fejltagelse var at fjerne den frodige, vilde bevoksning, der klatrede op ad gavlen. År senere fandt vi ud af, at det var den smukkeste blåregn, som engang havde dækket huset i et væld af farver. "Hvad vidste sådan nogen som os?" tænkte vi med en blanding af fortrydelse og grin.

Og så var der hunden. Hun elskede friheden, måske lidt for meget. Hun fandt hurtigt ud af, hvordan hun kunne åbne døre til visse huse i landsbyen og lavede sine egne eventyr med hanhundene. Det bragte os i et par pinlige situationer – især da vi en dag fandt hende foran den mindste hanhund i byen, som balancerede på vores egen havestol, mens hun med et overlegent blik vendt mod ham: "Kom bare an!" Selv snoren, som hun stadig var bundet med, kunne ikke stoppe hende.

Træerne på vores store matrikel stod som gamle kæmper, og det krævede mod at tage fat på dem. Da min mand købte mig en motorsav, vågnede en ny side af mig. Jeg gik i gang med at fælde træer, men glemte alt om oprydning. Der var noget befriende i den kraftfulde handling, men også noget ukontrollerbart, som spejlede vores, eller min oplevelse af landsbylivet.

Selvom vi til sidst fandt en vis ro i vores hverdag på gården, blev vi aldrig helt accepteret som en del af det lille samfund. Måske var det os, måske var det landsbyen – eller en kombination af begge. Gården blev sat til salg, men ikke fordi vi ville væk fra stedet. Der var bare andre grunde, som drev os videre, og væk fra lige nøjagtig denne gård.

Men minderne blev hængende. Skufferne larmer nok stadig, blåregnen kravler igen op ad gavlen, og gadelysene er blevet flere – ligesom de nye folk fra København, der også har fundet vej hertil. Vi byggede selv et nyt hus i byen, efter gården blev solgt, og selvom vi måske aldrig blev fuldt ud en del af fællesskabet, så blev vi alligevel en del af landsbyens historie på mange måder.

Fredens Dødsdue Nellie - Lene Holm Hansen

Nellie havde dyrenes vigtigste opgave – i hvert fald, hvis du spurgte hende selv. Hun var en fredsdue, men ikke en hvilken som helst fredsdue, nej, hun var dødens fredsdue. Ligesom der fandtes en dødens engel, men Nellie kunne ikke lide dødens engel. Hun syntes, han var alt for stor og uhyggelig, som han altid kom listende uden varsel, skjult i grålige eller sorte skygger. Nej, en engel skulle være hvid, ligesom hende selv. Hun var den rene, hvide fredsdue.

Nellie vidste, at hendes næste opgave var ved de buede bakker, hvor familien Hoppelin boede. Hr. Hoppelin var blevet 116 år, og det var tid for Nellie at hjælpe ham videre ad den nye vej.

"Hov!" tænkte Nellie pludselig, idet hun mærkede et voldsomt vindstød. Hun trak hurtigt sine vinger ind og begyndte at tabe højde. "Nej, nej, nej!" Hvad skete der? En kæmpe mørk skygge med roterende propeller fløj forbi hende med en frygtelig lyd.

"En drone!" gik det op for hende. Hun havde set dem før, men aldrig været så tæt på en. "Stop med at tænke, Nellie, du styrter jo!" Hun havde fået et så stort chok, at hun havde glemt at bremse. "Farten ned NU!" tænkte hun.

Hun slog ud med vingerne, drejede kroppen mod højre og vippen med halen. Endelig satte hun farten ned og dalede langsomt mod jorden. Nellie sigtede mod en sten, der så hjemlig ud, og landede for en velfortjent pause. Hun var stadig rystet og begyndte at ordne sin fjerdragt, da hun opdagede et hul. "Jeg har tabt en fjer!" tænkte hun.

Hun kendte hver eneste fjers placering, for de blev tjekket hver dag. Hun vidste, at et barn eller en dame nok snart ville finde hendes fjer og sige: "Se, jeg har fået en hilsen fra en engel!"

"Nej, nej," tænkte Nellie. "Det er jo fra os hvide fredsduer, som viser jer vejen til himlens port, ligesom vi gør med dyrene." Hun sukkede lidt. "Men I glemmer os, så snart I finder vejen gennem porten, og så står vi tilbage og håber, vi overlever næste luftangreb."

Hun tog sig sammen, fik styr på sin fjerdragt og kiggede op mod himlen for at sikre sig, at dronen var væk. Stilheden havde sænket sig over kirkegården. Nellie kiggede ned på de omkringliggende gravsten: "Margrethe Hoppelin, født 1645, død 1705. Didrik Hoppelin, født 1639, død 1699." Hun sad nu på en sten, der sagde: "Dette er til minde om familien Hoppelin fra de buede marker."

"Sikke en tilfældighed," klukkede hun og baskede en ordentlig omgang med vingerne, inden hun fløj en lille tur rundt. "Næste i rækken er på vej: Hr. Waldorf Hoppelin, født 1908, død 2024," tænkte hun og glædede sig. "Jeg tror, jeg følger med hele vejen denne gang – men uden teksten, for vi kan jo ikke skrive: 'Fredsdue Nellie, født – det ved vi ikke, død – det vides ikke 100 %.'"

Men én ting vidste Nellie med sikkerhed nu: Lige om lidt ville hun vogte over familien Hoppelins gravsted fra toppen af mindestenen. Og sikkert også om 100 år ville hun sidde med stolthed og skue ud over familiens medlemmer, de buede marker og et kig til naboens gravsten, der med store guldbogstaver fortalte om de fornemme grever og grevinder, som hun havde hjulpet igennem tiden til himlens port. Nøjagtig som samtlige familiemedlemmer hos Familie Hoppelin.

Jo, Nellie kunne se frem til at blive **Fredens Due** – i godt selskab på kirkegården ved Øster Egesborg kirke, med udsigt ud over de buede marker, fra toppen af mindestenen.

Den magiske nabo i barndommens gade – Lene Holm Hansen

I en tid, hvor verden stadig var ung, og gaderne var fyldt med børns latter og eventyr, lå der en særlig gade, som kun få kendte til. Den blev kaldt Barndommens Gade, og den var ikke som nogen anden. Husene gemte på hemmeligheder, træerne hviskede gamle historier, og luften duftede altid af hjemmebag og magi. Det var her, min søster og jeg voksede op, og hvor vi mødte en kvinde, der skulle komme til at ændre vores liv for altid.

Det var i 1967, vi ankom til Barndommens Gade, da mine forældre havde bygget deres drømmehus. Men overfor boede en kvinde ved navn Lise. Hun var ikke bare en almindelig kvinde – hun var noget helt særligt. En skikkelse, som syntes både menneskelig og magisk på én gang. Lise var ældre, end nogen kunne huske, men hun ældedes ikke. Hendes sølvgrå hår glimtede i solen, og hendes øjne bar på en visdom, der syntes at strække sig tilbage til tidernes morgen.

Lise boede sammen med sin mand, Per, en troldmand og kunstner, der levede i skyggerne og skabte hemmelige værker. Deres søn, Arnt, studerede både magi og matematik, men det var Lise, der virkelig holdt magien levende i deres hjem. Når vi trådte ind i hendes køkken, syntes tiden at stå stille. Rummet ændrede sig aldrig, og duften af friskbagt brød, syltetøj og kokosmakroner mødte os altid ved døren.

Min mor havde store ambitioner om at lære mig musikkens verden og sendte mig derfor til undervisning hos Per. Men hans metoder var lige så mystiske som ham selv, og jeg havde svært ved at følge med. Klaverets toner dansede i luften, men ikke på den måde, de skulle, og i stedet for at lære musik, blev jeg fyldt med frygt, hver gang jeg satte mig ved det gamle instrument.

Matematikken gik heller ikke bedre. Arnt, trods sin store viden, forsøgte forgæves at lære mig formler og tal. Men tallene dansede for mig på en anden måde, som om de havde deres egen vilje. Jeg kunne kun huske nogle få tabeller – især 2 og 9 – som en magisk formel, der blev hængende i mit sind gennem årene.

Lise var anderledes. Hun så noget i mig, som ingen andre kunne se – en skjult magi, som ikke kunne findes i noder eller tal. Hendes hjem blev mit tilflugtssted, når verden føltes for stor og uoverskuelig. Her fandt jeg ro, varme og en uendelig tålmodighed. Min søster og jeg blev som døtre for hende, og hun tog os ind i sin verden af mystik og kærlighed.

Selv da jeg blev ældre og livet førte mig væk fra Barndommens Gade, var Lise altid der for mig. Da jeg ventede mit første barn, var det i hendes køkken, jeg delte den glædelige nyhed. Lise smilede og sagde, at mit barn allerede var velsignet med verdens ældgamle visdom. Hun blev som en bedstemor for ham, selvom han var bange for Per – troldmandens mystiske energi skræmte ham. Men Lise var hans trygge havn, ligesom hun altid havde været min.

Årene gik, og Barndommens Gade forandrede sig langsomt. Husene blev moderniserede, træerne holdt op med at hviske deres gamle historier, og mange af de oprindelige beboere forsvandt. Men én ting forblev uændret – Lises hjem. Hendes hus syntes at eksistere udenfor tidens love. Hver gang jeg vendte tilbage, var hendes køkken nøjagtigt, som jeg huskede det: En tidløs oase midt i en verden i konstant forandring.

Nu er Lise 88 år, men hendes magi er lige så stærk som nogensinde. Hendes hjem er stadig et magisk sted, hvor minder og virkelighed flyder sammen, og hvor barndommens glæde lever videre. Når jeg træder ind over tærsklen, føler jeg mig som et barn igen. Uanset hvor meget verden udenfor har ændret sig, og hvor langt livet har ført mig væk, er der altid en følelse af hjemkomst, når jeg besøger Lise.

Selvom Barndommens Gade ikke længere er den samme, lever magien videre i Lises hjem. Det er et sted, hvor tid og sted ikke betyder noget, hvor kærligheden overvinder alt, og hvor minderne stadig er levende. Lises køkken er hjertet af denne magiske verden, og så længe hun er der, vil magien aldrig forsvinde.

Jeg ved, at der altid vil være et sted for mig, hvor jeg kan finde trøst, varme og kærlighed – et sted, hvor barndommens magi stadig lever, og hvor tiden står stille.

Mellem hverdagens øjeblikke - Lisbeth Kronkvist

Mie vågnede før vækkeuret ringede. Jacobs snorken ved siden af gjorde, at hun følte sig tryg i mørket. Månederne var føjet afsted, og den dejlige lyse sommer var afløst af efterårets mørke morgner og blæsende vejr. Træt svingede hun benene ud over sengekanten og så på uret. De blodrøde tal fortalte hende, at den var halv seks.

Mie gabte og lod øjnene vandre rundt i mørket. Hun fornemmede omridset af fodenden og døråbningens gabende hul. Hun havde mest lyst til at lægge sig igen og putte sig ind til hendes sovende mand.

Mie vidste godt, at det ikke var en mulighed. Den trivielle hverdag kaldte, og hun måtte gøre sig klar til at køre på job. Stille luntede hun ud på badeværelset og fik overstået det vanlige morgen toilette med vand i hovedet og børsten tænder. Hun havde aldrig badet om morgen. Det hang ikke sammen for hende. Hun ville hellere sidde en halv time længere i køkkenet med kaffen.

Mie listede ud i køkkenet, satte kaffemaskinen i gang og gloede ud på mørket gennem vinduet. Der måtte være mere end kedelige morgenritualer, hamsterhjul og sporadiske samtaler med børnene.

Kaffemaskinens arrige hvæs, gjorde hende opmærksom på, at den var færdig og nu ventede utålmodigt på hende. Med et suk slukkede hun den og hældte nænsomt, det sorte guld i koppen. Mie fik hurtigt sat den til livs og stillede trodsigt koppen midt på køkkenbordet overbevist om, at den stadig stod der, når hun kom hjem.

Med et suk snuppede hun tasken fra stolen og gik ud til bilen. Hun skulle ikke køre langt, kun 20 kilometer. Under køreturen tænkte hun på, hvad hun skulle, når hun havde fri.

Mie kom i bedre humør ved tanken om, at hun skulle mødes med de andre skrivenørder i den skriveklub, som hun havde startet. De var alle personer, der elskede at skrive, men ingen af dem snakkede om udgivelser eller deadlines. Ligesom hende, nød de bare at skrive og værdsatte det frirum, der var skabt.

Hun spjættede i sædet ved banket på sideruden og gloede på en mørk skikkelse. Forundret gik det op for hende, at det var hendes kollega. Hun havde ikke ænset, at hun var drejet ind på parkeringspladsen ved hendes arbejde. Smilende stod hun ud af bilen med et godmodigt godmorgen.

Mie kiggede kort på bygningen og blev klar over, hvor meget hun elskede jobbet på plejecentret. Hun var bevidst om, at tiden ville suse afsted, og inden hun vidste af det, havde hun fri.

Muntert startede hun bilen, fik solbrillerne på og begyndte turen hjem. Det var endnu ikke så langt hen på efteråret, så solen havde stadig magt. Hun nød solens stråler gennem ruden og beundrede træernes efterårs farver og deres rislende i vinden.

Mie elskede den fantastiske natur, der var kendetegnet for den egn, hun boede i. Hun vidste ikke noget bedre end at holde ind ved fjorden og sidde på bænken og kigge ud over vandet. Det var et ritual hun havde fået gennem årene, og noget hun holdte fast i når vejret tillod det.

Mie satte sig på den velkendte bænk og spejdede ud over vandet. Det var tydeligt at solen legede tagfat i vandoverfladen og drillende gengældte vandet med farver i forskellige nuancer. Hendes blik stoppede ved robåden længere ude. Hun sukkede svagt og lukkede øjnene, nød solens stråler og den blide brise.

Hun tænkte på, hvor heldig hun var at bo i et område så gavmild med natur i smukke farver, og mennesker, som var åbne for de fleste ideer. Der var altid en, der stod klar med en hjælpende hånd og opbakning.

Stilheden blev afbrudt af telefonen, der brummede. Automatisk tog hun den frem og læste beskeden. *Tapas til aften, inden du går i skrivehi, Love you. Jacob.*

Mie smilede og langsomt rejste hun sig fra bænken og gik over til bilen. Lykkelig satte hun sig ind og drejede nøglen. Uanset, hvor triviel hverdagen til tider syntes at være, var den ikke at kimse ad. Hun havde et job, hun var glad for, en dejlig mand, vidunderlige børn, skønt hus og boede i en by med et stort hjerte. Mere ønskede hun ikke.

En fodrejse fra Appenæs til Vejlø Skov - Nils Hartmann

Mens månederne går, og årstiderne skifter, glæder jeg mig over, at det denne torsdag morgen først i oktober stadig er lyst, da jeg vågner. Solen er dårligt kommet frem, men jeg føler mig oplagt til at møde verden og står hurtigt op og kommer i tøjet. I stedet for at gå tur op ad formiddagen, som jeg plejer, har jeg besluttet mig til en lille fodrejse efter morgenmaden og har fået lyst til at følge en sti, der løber fra Vejlø Bro og langs den fjord, de lokale kalder Fladstrand. Der er ikke mange, der benytter stien, for den er både ujævn og tilgroet, og i virkeligheden må man slet ikke gå der, fordi den ligger langs Gavnøs marker.

Fort at komme fra landsbyen Appenæs, hvor jeg bor, må jeg først følge Kirkestien eller Skolestien, som den også kaldes. Kirkesti for beboerne i Appenæs til Vejlø Kirke har den været siden middelalderen. Skolesti var den kun i en kort periode efter, at der i 1962 blev bygget centralskole i Svenstrup og indtil skolens lukning i 1990erne.

Da jeg har passeret over Fladsåen og fundet den sti, jeg vil trave af, er stien våd af morgenduggen, så mine vandresko og sokker bliver hurtigt gennemblødte, men det ænser jeg dårligt. Jeg er mere optaget af at se på de hundredvis af bram- og grågæs, der skræpper op og fylder engene til venstre. Lidt efter genkender jeg også lyden af en traktor, og da jeg vender mig, ser jeg, at det er Polle, der efterårspløjer sine marker ned mod åen.

Efter et par kilometer når jeg til den gamle tinghøj fra stenalderen. Der sidder en solsort oppe på den store sten og synger morgensang. Jeg står stille og lytter og synes, det er morsomt at se, hvordan fuglen vipper op og ned med halen, inden den flyver ned fra stenen og hopper videre i græsset. I det samme kommer der en let brise ude fra fjorden med en ækel lugt af rådden tang, der blander sig med lugten af de køer, der afgræsser engen.

Iltsvind i fjorden, tænker jeg. Og alt for mange køer, der prutter.

Da jeg går videre, overraskes jeg af, at en lærke triller over mig, selv om vi har passeret efterårsjævndøgn, men jeg har allerede bemærket, at lærken med tiden er blevet en standfugl, som jeg kan møde hele året.

Bøgetræerne i Vejlø Skov er så småt begyndt at falme, faktisk bemærker jeg kun nogle få gule og brune blade, men nattefrosten er jo heller ikke sat ind endnu. Til gengæld sanser jeg stærkt den sidste duft af de ramsløg, jeg tramper rundt i, og i et levende hegn i skovkanten finder jeg hasselbuske med så mange nødder, at jeg kan fylde lommerne.

Efter en rundtur i skoven og et kig ud over fjorden til Dybsø tager jeg landevejen tilbage. Ved Tinghøjgård møder jeg den gamle skoleinspektør, - han er 95 år og en erfaren cyklist, men ser dårligt. Han står af cyklen, og vi får en lille sludder, og da han skal stige op igen, kan jeg se, at han kun kommer op på cyklen med besvær.

"Du burde have en cykel med lav indstigning, Verner," siger jeg.

"En damecykel?"

"Ja."

"Nej, jeg holder op med at cykle i år. Det er en af mine sidste ture."

Vi tager afsked, og jeg fortsætter gennem den lille landsby, Vejlø, med kirke og nedlagt skole. Da jeg passerer Postgården, hvor postdiligencen i fjerne tider fik skiftet heste, nynner jeg fornøjet *Septembers himmel er så blå* og knapper jakken op, for nu er morgenluften blevet opvarmet, og jeg begynder at svede.

Efter at jeg har passeret Vejlø Bro og er kommet over Fladsåen, skal jeg igen op ad Kirkestien, hvor jeg begyndte min fodtur for mere end to timer siden. Et stykke oppe får jeg øje på Polles grønne traktor og ser, at han nu næsten er færdig med at pløje marken. Næste gang jeg går turen, har han sikkert sået den til med byg eller hvede, eller raps måske.

Nye naboer - Ellen Johanne Larsen

Lise og Arne havde søgt længe, og endelig var det lykkedes. De havde fundet "deres sted". Langt ude på landet, tæt på marker og næsten inde i en skov. Der var bælgravende mørkt, - nærmest sort -, om natten og stjernerne blinkede lystigt på himlen. De kunne udpege Karlsvognen og flere af de andre stjernebilleder, når det var klart vejr.

Der var ingen naboer tæt på. Ingen grundejerforening med skøre regler og kiksede vejfester. De var dog lidt kede af, at den sidste købmand lukkede, samtidig med at de kom med deres flyttelæs. De måtte nu køre 10 kilometer til den nærmeste by, når de skulle handle, for ikke engang Nemlig.com ville køre helt derud. Men de elskede deres sted.

Friheden. Den friske luft. Ingen trafikstøj. Kun naturens lyde. Og så selvfølgelig det faktum, at de nu ikke længere skulle sælge deres aktive timer. De var med kort mellemrum begge blevet folkepensionister.

Der boede også andre mennesker på den lille vej, hvor husene lå med god afstand mellem hinanden.

De huse der manglede, i forhold til at der også manglede husnumre, måtte være huse, som var blevet revet ned. Mange huse i dette såkaldte udkantsområde stod og var temmelig kondemneringsmodne, så Lise og Arne gættede på, at det nok hang sådan sammen. Der var slet ingen børn på vejen; kun midaldrende og gamle – og så var der vist et par af husene, som var blevet til flexboliger.

Det var Arne, der så den! På sin daglige tur til postkassen, som jo i disse digitale tider som oftest var tom, fik han øje på en lort. Den var ikke fra en hund, heller ikke fra et rådyr. Han trådte ikke i den, men den lå lige der foran postkassen. Han blev vred. Hvem havde siddet og skidt lige der i hans indkørsel? Hvis en kondiløber havde været så trængende, kunne han eller hun vel gå over og sætte sig i skoven. Arne var så forarget over denne hensynsløse opførsel.

"Den person har da godt nok været trængende", mente Lise, da hun var ude for at besigtige lorten, inden Arne skovlede den op og kastede den over i skovbunden. Hun fattede det heller ikke, men begyndte at tænke over forskellige hændelser.

"Hvad med ham du bad om at sænke farten? Ku´ det være ham? Eller ham der du ved, ham der er"sådan lidt". Ku´ han finde på det, tror du?" Lises hjerne knagede over at arbejde på sådan et højtryk. "Så er ham der gav dig en fuck-finger, da du bad ham om at sætte sin hund i snor? Er han ikke også lidt til en side?"

Både Arne og Lise gravede i deres hukommelser efter episoder, men kunne ikke finde nogen, som kunne være anledning nok til at gå hen og skide i en fremmed mands indkørsel.

"Jeg ved, hvad vi gør!" Arne var meget beslutsom nu. "Jeg køber et vildtkamera på nettet, så kan vi se, hvem der kommer og pøller hos os to."
Som sagt så gjort. Der blev sat kamera op i indkørslen. Og der var hurtigt bingo! Arne råbte op.

"Liiiise, kom og se! Se lige her. Vi har ham fand´me! Lise slap strikkepindene og susede hen og stillede sig bag Arne, som stirrede stift ind i computerskærmen. "Se så selv her!" Arne råbte op over denne afsløring. Lise bukkede sig lidt frem. Hun så nu med sine egne øjne, hvordan han kom gående. Han havde ikke noget tøj på. Hverken på overkrop eller underkrop. De kendte ham ikke.

De kunne se, hvordan han kikkede sig nysgerrigt omkring, inden han igen lagde en meget stor lort samme sted som sidst. Var det chikane? Nej, det kunne det vist ikke kaldes.

Lise og Arne grinede; de havde da virkelig afsløret en noget speciel nabo. Minsandten om ikke en stor flot grævling havde fundet frem til netop deres matrikel. "Ja", sagde Arne, "vi må ikke glemme, at det er os, der bor hos dyrene". "Send lige et billede af den grævling til mig", grinede Lise, "jeg er nødt til at lægge det op på Facebook, og skrive at vi har fået nye naboer". Humørtemperaturen i det lille hjem var nu steget adskillige grader.

Hverdagshistorie - Ellen Heglingegård Knudsen

Højskolesangbogen ligger klar til brug, når min veninde dukker op.

Vi begynder altid med 2 sange fra sangbogen, og vi bestemmer én hver, og så er vi godt i gang. Nogle gange kan vi ikke huske melodien, men omkvædet, og så griner vi lidt af det.

Eventuelt begynder dagen med, hvad jeg har lyst til i dag, og hvilken prioritering jeg vælger. En englehilsen fra en lille bog gir daglig refleksion, og så er dagen godt i gang samtidig med, at jeg tjekker FaceBook, mails, strømpriser og Selvforsvarsappen.

Rigtig meget vil jeg gerne, men prøver også at få gjort det, jeg har mindre lyst til, såsom oprydning, ordne haven og vasketøj samt lave mad hele dagen. Dog har jeg bagt rugbrød i dag, og glæder mig til at nyde det som "dagens ret" i aften. Med friskkøbt smør og måske lid nyslynget honning, som veninden havde med.

Dog vil jeg allerhelst være kreativ på en eller anden måde. I dag blev det først indkøb med rabat hos min lokale kreapusher, som holdt ophørsudsalg, og sikke mange ting, jeg manglede!

Af hele bolsjebutikken valgte jeg noget til opbevaring , karton og kuverter samt lidt til julesysler. Inden jeg kørte hjem tjekkede jeg lige mit brombærsted, men det er slut med plukkeri der nu. I stedet drikker vi te i morgen og får snakket.

Gåturen bagefter var nødvendig for at "komme mig" over alt, jeg havde købt og ærgrelse over negativ kendelse på min ankesag.. Den bød på god snak med et par naboer med deres hunde og kaffen ventede efterfølgende, brygget af min søde mand.

Surt at læse om afgørelse i min ankesag om phishing, da jeg ikke havde fået medhold, og så måtte betale 8000 kr. Har dog besluttet at jeg ikke anker afgørelsen, da jeg ikke magter mere. Det har taget hårdt på i forvejen. Jeg havde ladet det ligge nogle dage, da jeg gik helt i baglås, da beskeden kom. Bitter pille at sluge. Har ikke tillid mere til mit pengeinstitut, men hvem skal jeg så vælge? Strømpepåtagning for min mand blev også klaret, da han ikke selv kan. Han takker hver gang, og jeg skal bide i mig, at jeg faktisk ikke har så meget lyst.

Haven kaldte, men jeg blev lidt forhindret, da der kom nogle ælder mennesker for at se og købe et betonfad. Det blev jeg glad for, selv om de pruttede om prisen. Alle var glade. Solen skinnede pludselig meget mere.
Inden jeg gik ind fik jeg ordnet standen, som jeg har stående ved fortovet, så nu er den fin igen. Der var mange efterårs blade, der skulle væk samt agern fra et stort træ.

Søndagen blev også brugt til at male et par trænisser, der skal være klar til julemarked i november. Det var lidt svært i dag at male munde på den. Men det må være godt nok. Min mand har klargjort store næser efter en ven har drejet dem, og jeg har malet dem røde . De bliver nok fine. Søndagsopgave blev også, at udskrive nye noder til kor i morgen.

Trods uenigheder om bagateller med min mand, så tv vi lidt et par timer, men måtte så få afklaret situationen.

Oplevelser har dagen jo budt på, anderledes end tænkt, bl. Skulle jeg vige for en anden bilist, så jeg fik kørt for tæt på "noget" og fik en ridse i billakken. Øv.
og opvaskemaskinen blev også tømt. Opbinding af tomaterne fik jeg klaret.

Rigtig mange penge har forladt kontoen i dag. Kreaindkøb incl. gave til vores nye oldebarn, benzin på bilen, fordi der var ekstra bonus på i dag, ridse på bilen skal laves og betaling af højskoleophold. Det sidste glæder jeg mig til. Inden dagen sluttede, blev vi inviteret til nogle venner for at se, hvordan de har fået malet hele huset ud- og indvendig samt almindelig snakopdatering om vores respektive familier.

Enden på dagen blev fyldt med at se lidt spændende TV " Det sidder i væggene" Den bød mig også at skrive positive ting ned, da jeg har haft mistet det fokus, og jeg tror det lykkes. Endvidere dukkede denne opfordring op om at skrive en hverdagshistorie, og den synes jeg var sjov, og gik til tasterne fluks. Senere må jeg så tælle ord.

Snapshot - Marianne Lapp

Hele huset fik et renselsesritual; væk med de negative energier. Det skulle ikke lykkes for uærlige folk – Nellie mistænkte knallertbanden – at forbistre tvillingerne Liam og Lianne, hunden, kattene og skildpadden Amos. Skuffet fjernede hun det pistaciegrønne vitrineskab, hylderne og kasserne til græskar, agurker og loppesager. Armbånd til sølle 5 kroner, det havde taget Liam en time at kreere. Og hvor fattigt var det ikke at efterlade 50-ører og gyldne cent for hjemmelavet rabarberlimonade?

En dag Nellie alligevel var i byen, gik hun i elektronikbutikken, der bugnede af gigantiske skærme og enheder, som kunne spytte formfuldendte danske stile ud ved tryk på en knap. Ekspedienten mindede hende om reglerne. Alt var fint, for hun boede på en privat vej. Nellie gav turisterne, de lokale og de seje vandrere en udfordring: Jeg filmer dig. Hvis du har penge, så kan du få. Osv.

Vejboden genopstod. I de næste måneder fik de en del spas ud af optagelserne.

Se ham mor, han piller næse, hvinede Lianne. Frys, frys!

Nellie spolede henrykt tilbage til præcis det sekund, hvor kartoffelkunden fiskede en bussemand ud af sin enorme næse. Nogle var beslutsomme, andre fumlede ved samtlige vættelys, retrolysestager og henkogningsprodukter – for at luske tomhændede væk.

Deres genbo Carina havde slidt i Brugsen, før hun fik nok, og hun genkendte straks en motoriseret ungdomsbandit. Nellie havde det halvskidt med, hvor godt det føltes at konfrontere den intetanende mor. "Godaften, *din* møgunge stjæler rosenkvartssten fra *min* unge. Hvad sker der for ham?" Moren krympede sig.

"Cool. Vi kan sælge dem to gange", sagde Liam. Det var hans krystaller. Nellie havde fået dem retur plus penge for ulejligheden.

Der var noget dragende ved optagelserne af kunderne. Alt sort-hvidt fik et romantisk eller mystisk skær. De let slørede detaljer blev fikset i en app, som Carina havde hjulpet med, dengang Nellie skabte en fotobog om egnens botaniske specialiteter. Emnet var lettere søgt, og temaet for den nye skulle være "det nære". Udvalgte stillbilleder blev blandet med gamle, frasorterede naturskud. Endnu en gak anti-sællert, mente Carina. Hun sled videre på et sjællandsk plejehjem og talte ned til efterlønnen.

Portræt af marmeladekøber. Portræt af loppesamler. Og så videre. Spirende bøgehæk. Kæmpeedderkop på mur. Marketing måtte der til, og Lianne fandt en blogger, der gik op i samfundsdyder. I skolen havde de haft om de 10 bud. "Sådan ser man ud, når man lægger 20 cent i stedet for 10 kroner." Nellie var ved at dø af pinlighed over at bede en fremmed om en tjeneste. Men bloggeren var fyr og flamme.

Kunde-snapshottene løb med interessen i lokalsprøjten. Pludselig var der afsætning i hele tre boghandlere. Telefonen kimede. En kvinde harcelerede over at blive sammenkædet med kriminelle og uautoriseret brug af hendes foto. Skiltet om videoovervågning gav hun ikke en døjt for.

Bloggeren skrev til rådvilde Nellie: "Du ejer billederne. Der er altid haters." Den utilfredse fortsatte med vrede læserbreve og blev interviewet i medierne. Første oplag blev udsolgt. Til tvillingernes næsten hysteriske glæde henvendte næsepilleren sig. Han genkendte portrættet af en gudesmuk limonadekunde med håret sat op i ukrainsk fletning. I sommer havde de mødtes ved skovshelteret og sludret løs om indtryk fra vandreruten. Han havde været dum og genert og ikke bedt om hendes nummer. Kunne Nellie tilfældigvis hjælpe?

MobilePay var det eneste håb. Nellie søgte i videomaterialet. Umiddelbart holdt hun kun regnskab med, hvem der gav sig selv rabat i vejboden, ikke betalingsmetoden eller tidspunktet. Efter flere timers arbejde var der gevinst. De jublede og dansede. Amos stirrede forundret op fra sin trygge halmkasse.

Måske blev gudinden også krænket, når hun opdagede sin forevigelse? Næsepilleren var villig til at satse og overførte en taknemmelighedsgave med søde hilsner til tvillingerne. De havde net-stalket kvinden med fletningen. Lidt værre var, at postkassen gemte et sagsanlæg fra det selvretfærdige brokkehoved. Ifølge hende betalte Nellie formentlig hverken moms eller skat eller var indehaver af et fødevarekursusbevis. Vejboden var en skændsel og måtte fjernes fra jordens overflade.

"Mor, hvad er GDPR?"

"Skat, det er der ikke en sjæl, der aner."

"Mor, går du ind for børnearbejde?"

"Det kan du tro. Og tag røjser på, så går vi over og samler æbler ved den gamle gård."

"Ham manden bor der jo nu."

"Det er fint, han skriver vist kloge bøger om lov og ret", greb hun Liannes buttede næve.

Gården - Marianne Lapp

Alle nøgne grene balancerede et fint sukkerdrys, og dækket af frostsne fjernede lydene i det forvejen støjsvage landskabssceneri. Jeg misundte hemmeligt min vens adgang til rå natur. Det var næsten som i gamle dage: Knirkelyde under ski, sprød luft og klar himmel. Dog var skibukserne krøbet i skabet siden seneste Norgestur, hvor Allan og jeg ræsede ned ad sætere. Vi nåede rødkindede og sunde frem og grinte af, at det ville have taget 10 minutter i hans sennepsgule SUV. Allan valgte en alternativ rute tilbage. Vi stavede forpustet. Rygsækken var tung af rødvin, chokolade, chips og piskefløde. Jeg fik øje på en firlænget gård, som lå fuldkommen indesneet. Med sine hvidkalkede mure forsøgte den at kamuflere sig selv i dette winter wonderland. Allan kendte ikke ejerne, et ægtepar med base i udlandet. De fik stedet passet.

Kort efter blev mit liv gennemgribende forandret. Jeg arvede en overvældende sum fra en nærtstående, jeg undte mange flere gode år. Sorgen var stejl og hård som et grundfjeld. Men jammerdalen måtte bekæmpes, og jeg forærede Allan en helikoptertur over Møn i fødselsdagsgave. Bøgeskoven var sprunget ud. Pletter af grønt åd sig ind på brune marker. Vi følte os som actionhelte og pjattede uden at lytte til pilotens indlærte remse. Noget lynede koldt og effektivt nedefra, nemlig solens genskin i et ståltag – det var den indesneede gård.

På vejen hjem vovede jeg mig op ad den ujævne stikvej for et nærmere kig. Den ældre ejendom var holdt i simpel stil. Mit hjerte hoppede, da en dame med en vandslange i hånden pludselig åbenbarede sig. Hun antog, jeg var en københavner, der var faret vild. Både og. Indiskret sugede jeg indtryk til mig: Toppede brosten, en længe halvt i knæ, knudrede frugttræer. Stauder sloges med ukrudt, og damen var hyret til at tæmme det sidste. Roen var velsignet. Som var jeg havnet flere lysår fra Allans weekendhus med Webergrill og glaserede tegl. Lysten ramte mig i mellemgulvet. Jeg ville leve langt borte fra verdens vrimmel og hellige mig at skrive lærebøger indenfor mit fag. Jeg ønskede Ikke en elskerinde, men en livsledsager med alderens skønhedsfejl og vinterbøvl.

Allan blev ikke spor begejstret for min beslutning. Selv mærket på den nye havetraktor blev vrænget af. Næh, en toplækker lejlighed ved Adriaterhavet var en seriøs pensionsinvestering. I modsætning til et uisoleret hus i et mudderhul. Trumfen: Jeg ville blive endnu mere sær af at bo alene.

Hvem sagde, at jeg gjorde det? Der var en venlig bumpenisse på loftet. Den gav sig til kende, når jeg hyggede med læsning ved brændeovnen. I en papkasse, som var mirakuløst urørt af musene, fandt jeg en stak breve, rutebilsbilletter, julehjerter og tyndslidte spillekort. Jeg læste den halve korrespondance mange gange. Men jeg blev kun delvist klogere på dagliglivet på gården for små 100 år siden. Nettet afslørede flere luftfotos. Engang var haven inddelt i et forgrenet net af sirlige stier. I min fantasi tilhørte brevene den kvinde, som iagttog det lavtgående fly, mens hun skærmede sine øjne med en hånd. Folketællingernes lange håndskrevne kolonner var bare tørre kendsgerninger. I Brugsen stødte jeg ind i Allan med en struttende blondine under armen og indkøbsvognen fyldt med italienske pølser og myseost. Rigtig akavet. Det var bedst at glemme ham, og jeg preppede til den kommende vinter. Snesko. Langtidsholdbar mælk. Pastaskruer.

Stamperiet forekom efterhånden hver aften og begyndte at gå mig på nerverne. En dag kom jeg hjem efter en spadseretur til sognegården. Allans SUV tronede i porten. Min havedame, jeg havde fortsat engagementet med, havde købt den af ham. Jeg inviterede hende til te og smørrebrød i skumringen. Nissen holdt sig i skindet. Næste dag kom hun forbi med en æbletærte fremstillet af mine egne Golden Delicious. Jeg viste hende luftfotografierne. Sidst i firserne lå gården trist og forladt hen, efter at landbrugsjorden var solgt fra. Det anede hun ikke; hun boede dengang ved med udsigt over Østersøen.

"Det blæste værre end ved Vesterhavet. Jeg flyttede i læ. Sig mig, har du mår?" pegede hun mod loftet.

"Ikke, hvad jeg ved af. Ikke med så mange mus, der huserer."

"Bruger du fælder? Nå, det er du saftsuseme nødt til. De overtager alt, ødelægger alt."

"De var her før mig."

"Vrøvl", rejste hun sig. "Nu er du herre på gården. Jeg henter noget mere tærte. Med flødeskum."

"Ja, joh. Tak til den, som byder."

"Det manglede bare", blinkede hun.

Sommer i Guldborg - Lise Ravnkilde

Rejer. Sommeren begynder og slutter med rejer. Friskfangede fjordrejer i massevis.

Hver morgen når jeg slår øjnene op, er det første jeg kigger ud på: Rejefiskernes skur. Altså der ligger en vej lige foran huset men lige der på den anden side af vejen, der bor rejefiskerne. Og bag dem naturligvis vandet, Guldborgsund.

Det er altid en stor fornøjelse, når der er aktivitet hos rejefiskerne, når de små fiskerbåde larmende sejler ud for fuld motorkraft, når fiskerne i deres orange arbejdstøj slæber afsted med sækkevogne fyldt med store poser. Det betyder jo, at så er der friskfangede rejer og friskfangede rejer, dem els... kan jeg virkelig godt lide.

Når børnene slynger om sig med udtrykket "jeg elsker", plejer jeg at sige, "I elsker jeres mor og far, I kan virkelig godt lide chokolade", men når det drejer sig om rejer, er jeg altså selv temmelig tæt på at bruge e-ordet.

For om sommeren er rejer en virkelig skattet spise i vores lille hus i Guldborg. Her opererer vi med to størrelser på rejemadder, der er Tivoli-madder og der er Guldborg-madder.

Ingen af os kunne drømme om at bestille en rejemad i Tivoli, de er simpelthen for latterligt små. Så få rejer anser vi for en mini-snack. Nej i Guldborg, der ved vi, hvordan en rigtig rejemad skal se ud, den skal ikke bare have top på, der skal være så mange rejer, at de vælter ud over alle kanter på brødet.

Og så har vi selvfølgelig også selv pillet dem, rejerne altså.

At pille rejer er ikke en kunst alle behersker, det er tydeligt at se, når vores gæster, på trods af de rigelige mængder i skåle på bordet, vælger at spise en Tivoli-mad. Sandsynligvis fordi de ikke ville få noget at spise i meget lang tid, hvis de gik efter Guldborg-madder som os andre.

Da børnene var små, gjaldt det om at sidde ved siden af farmor, for farmor var verdensmester (mindst!) i rejepilning. De to heldige der sad på hver side af hende, fik meget hurtigt rejer nok til en pæn rejemad. For farmor pillede, så der røg en til højre, en til venstre og en til hende selv, så passede det nogenlunde med, at jeg også havde en acceptabel mad, når de var klar til at spise og jeg har ellers altid været ok hurtig til at få frigjort de små lyserøde dyr fra deres skaller.

I år kom de første rejer dejligt tidligt, allerede i marts kunne vi spise overdådige Guldborg-rejemadder, vel at mærke i en rejestørrelse der var til at pille, for som min mand siger "jeg gider altså ikke sidde med en pincet".

Vi havde lige nået at vænne os til, at rejesæsonen var godt i gang, da der pludselig ikke var særligt mange rejer i fiskernes net. "ingen rejer i dag", var den nedslående besked i en periode. Vandet var simpelthen blevet koldt igen.

Det var heldigvis bare en kort periode med koldt vand, der holdt rejerne væk i foråret. For nogle år siden var der et par somre, hvor vi alle frygtede, at det var helt slut med fjordrejer i Guldborgsund.
Sygdom og kutlinge havde gjort et stort indhug i den lokale rejebestand, så der var mangel på fjordrejer på hele Lolland-Falster.

Heldigvis vendte rejerne tilbage efter et par år, så de sidste par somre har vi kunnet nyde de små skaldyr i massevis.

Denne sommer har de været særdeles rigelige og det er ikke engang slut endnu, her midt i oktober, kan vi stadig fryde os over friskfangede fjordrejer.

På denne årstid nyder vi dem indendørs mens vi glæder os til næste sommer, hvor vi igen pakker en kurv med nykogte rejer, citron, mayonnaise, brød og en kold prosecco, spadserer over vejen og slår os ned på havnen med fødderne på bolværket og mæsker os i rejer.

Når man tror, at man igen har overskud - Mona Hvid

Til morgen – eller rettere, det var vist blevet formiddag - syntes jeg, at jeg igen havde noget overskud, efter at der har været underskud på energikontoen i et stykke tid.

Efter en god morgentur satte jeg vasketøj over – men overså den røde vaskeklud, der havde sneget sig ind i den lyse finvask. Men der skete en del, før jeg opdagede det.

Det kunne nu være rart at bage nogle af mine gode boller – der var ikke flere i fryseren og det ville være fint til suppen, som jeg tænkte, jeg ville lave. Desuden er strømmen meget billig i dag – og hvis det bliver kombineret med solcellernes produktion på taget, så måtte det ganske enkelt være tid til at bage boller.

Nå, for søren – ikke mere gær.
En tur i Brugsen. Kom ud med to store indkøbsposer med varer, og regningen havde passeret kr. 300. Men hvad var ikke i indkøbsposerne? Det er vist ikke svært at gætte, så en tur til Brugsen igen.

Lykkeligt hjemkommet igen-igen, lykkedes det mig at tabe målebægeret med den lunkne vand på gulvet.
Så skete der noget, som jeg aldrig har oplevet tidligere efter

at have fået min fine (brugte) røremaskine: at sprøjte mel udover hele køkkenbordet (det skal kommes i lidt af gangen) og da olivenoliens skulle i – ja, så skete det samme. Der var da lidt rengøringsarbejde.

Så satte jeg mig hen i en stol og ventede på, at det skulle gå over, mens bollerne hævede første gang. Jeg faldt i søvn, så det var en MEGET hævet bolledej, som nærmest kom mig i møde, da jeg nærmede mig køkkenbordet.

Bollerne blev sat på plade, og sat til efterhævning. Her burde ikke noget kunne gå galt, men jeg glemte så sandelig at dække bollerne til – så de ser meget tørre ud i skorpen.

Tid til at hænge vasketøjet op, mens bollerne hævede færdig – og så var det, at jeg opdagede det med den røde vaskeklud. Godt at vide, hvordan den bluse ser ud, når den bliver tørret, et par lyserøde viskestykker går nok, og resten af tøjet har så sandelig også fået en anden glød.

Det var her, jeg konstaterede, at jeg havde taget fejl, da jeg troede, at jeg havde overskud på energikontoen i dag.

Godt at vide, hvordan bollerne bliver?

En lørdag formiddag - Mona Hvid

Jo ældre jeg bliver, jo mere bemærker og sætter pris på dagens små møder. Én ting er de nære relationer, og hvordan jeg møder dem, noget andet er de tilfældige møder, som dagen også rummer, som f.eks. denne lørdag formiddag.

Så går man ind i Dalberg Sko - Næstveds dyreste skobutik, og bliver mødt af en "knægt" som måske/måske ikke har passeret de tyve. Jeg har jo netop valgt den dyre skoforretning, fordi jeg har brug for ekspertise, da min krop er blevet meget kræsen med, hvad der skal emballerer den sydligste del af min krop – og så står der sådan en grønskolling.

Skynder mig at tænke: "Giv ham en chance"

Fortæller, hvad en ny sko skal kunne klare.

Han forsvinder med et smil og kommer tilbage med 3 æsker. Han tager den første frem. Ved ikke, om det var min vejrtrækning eller mimik, der fik ham til at sige: "Jeg vil gerne, hvis du prøver dem her først."

"De passer perfekt til foden - har du måske også noget, der også kan tilfredsstille hovedet?" spørger jeg med et skævt smil.

Han forsøger og forsøger, men de første var de bedste, må jeg jo indse. Hvorefter han stille og roligt siger: "Det tænkte jeg, da du fortalte, hvad du har brug for"

Nu skal de prøve-gåes, og så må vi se om den unge fløs bare kan sit kram.

Skoene med æske passede lige til kurven på rollatoren, og jeg gik ud på Axeltorv, hvor det var markedsdag.

Stod og overvejede om jeg skulle købe fiskefars med hjem, da en lille gammel kone med falmet cykelhjelm rørte ved mit ærme og sagde: "Nogle usædvanlige dejlige farver"

Vi talte lidt om glæden ved mit blomstrede "gå-telt" (Mit van Gogh sitting-suit), hvorefter hun pegede på skoæsken: "De er ikke billige" - pause - "men det er de bedste sko, du kan få. Jeg skal vist også snart have nogle nye, mine ser ikke så pæne ud længere"

Senere passerede jeg en flok unge - alle klædt i sort og så barske ud. Midt i flokken gik en ung pige med så mange ringe i næsen, der kunne være. Så kom det fra hende "Fede farver"

PS jeg købte ikke fiskefars, så hvad skal jeg så have til aftensmad?

Mere PS Knøsen havde ret, og jeg fik forårsruller til aftensmad.

Er her nogen? - Eva Haare

Tågen hang tæt mellem markerne. Søren Jochumsen skuttede sig i den meget tidlige morgenluft. Det var koldt og klamt. Det var lige som om, at den gamle ulster ikke rigtig kunne holde den kolde morgentåge fra kroppen. Han rystede på hænderne.

Efteråret var kommet tidligt i år. Solen var endnu ikke stået op. Det var det rigtige tidspunkt at trave området igennem for at se vildtbestanden nu, hvor morgenen kun var gryende. Hans øjne rendte jævnligt i vand pga. kulden, og det besværliggjorde hans udsyn en del.

Men han havde udskudt opgaven i nogen tid, så han havde besluttet sig for optællingen nu og havde forberedt sig på at stå meget tidligt op. Han havde med vilje efterladt Nupo hjemme til morgen. Den 10-årige labrador var ofte med ude i naturen om morgenen, men denne morgen havde han ladet Nupo blive tilbage pibende af skuffelse, da den blev efterladt i det nu lune, lille køkken i embedsboligen. Men det var nødvendigt at nærme sig råvildtet stille i det begyndende morgenlys, så han kunne optælle vildtet uforstyrret og få mailet sin rapport til Styrelsen.

En vissen gren knækkede pludselig faretruende højt længere fremme. Gamle Søren, som selv gik i det bløde græs på siden af stien for ikke at forstyrre råvildtet, standsede et øjeblik for at få hold på, hvad der havde forårsaget denne lyd. Det lød som et uforsigtigt fodtrin i den tavse bevoksning mere end eventuelle rådyrs forsigtige klove.

Han tog kikkerten frem, men opgav hurtigt, da tågen endnu ikke var lettet helt forude. Han ventede lidt stående der frysende i kulden, men der kom ikke andre usædvanlige lyde, så lidt efter genoptog han sin forsigtige vandring efter råvildt.

Mens han nu efterhånden sneg sig lidt længere frem, fik han en ubehagelig følelse af ikke at være alene på området her til morgen. Det var følelsen af ondskab, der tog form i ham. Han virrede med hovedet som for at blive denne irrationelle følelse kvit, men den blev siddende i ham. Han så sig rundt, følte sig iagttaget, men kunne intet se. Det var for mørkt endnu, og stien mellem markerne bugtede sig en del. Han ønskede nu, at han havde haft Nupo med. Hunden var særdeles vagtsom og havde varskoet ham, hvis der var noget på området, der ikke skulle være der.

Gamle Søren var ikke længere en ung mand. Han var blevet mere ængstelig med alderen. Der var aldrig noget konkret til at ængste ham. Det var mere en følelse af at være blevet mere modtagelig – mere skrøbelig.

Faktisk var han jo lidt for gammel til at være på arbejdsmarkedet, men han havde altid haft dette job. Og der hørte en embedsbolig med bag kirken. Der var ikke meget plads, men der var rigeligt til ham og Nupo, og der var da også vældig hyggeligt.

Den gamle nærmede sig nu lysningen ved brøndboringen. Det skulle blive rart med et hvil, og han besluttede sig for at sidde ned lidt, hvis altså bord og bænke stadig var der.

Henne ved bænken lod den gamle sin rygsæk falde ned på jorden og satte sig besværligt for at hvile ryggen lidt op ad bordet. Han lukkede øjnene kort for lige at få vejret. Mens han sad der med lukkede øjne, fik han atter følelsen af uro og åbnede langsomt øjnene og så sig forsigtigt rundt. Det var nu blevet helt lyst. Tågen var lettet, men det var stadig koldt. Solen var stået op, omend den gemte sig bag de tunge skyer.

I sin søgen med blikket rundt i lysningen missede han med de trætte øjne for bedre at fokusere. Men hvad var nu det ved enden af plankebordet? Han var tæt ved at udstøde et gisp. Der sad jo en person op ad bordet på jorden – eller snarere halvvejs lå og sov der i kulden.

Søren kæmpede sig op på benene, samlede rygsækken op og nærmede sig den hvilende mand, der endnu ikke havde rørt på sig. Han standsede foran skikkelsen og rømmede sig let. Han fik en sær følelse af, at personen ikke var i live, som han stod der og betragtede manden. Da han ruskede let i mandens skulder, var der ingen reaktion.

En magisk dag i skoven - Berit Angelina Schmøde

Jeg sidder i sofaen og nyder solen gennem stuevinduet... mens strikkepindene lystigt danser med garnnøglerne.

Jeg lytter til et foredrag på YouTube om energier... og om det der sker omkring os.

Noget vi ikke altid kan se med det blotte øje.

En tanke kommer snigende.

"Feer".

Selvfølgelig.

Jeg griner højlydt ved tanken.

Feerne har jo travlt i denne tid.

De maler bladene og frugterne... og forbereder dyrene til vinterhi.

Med tanken kom et smukt minde frem.

Et om en helt særlig skovtur jeg var inviteret med på.

En hundeluftetur sammen med min veninde og hendes pragtfulde hund... til en skov, gemt lidt væk fra alting.

Det var ikke en stor skov som den jeg havde tæt på, hvor jeg voksede op.

Dog...

Fra det øjeblik jeg satte min fod på skovens område, mærkede jeg en forunderlig sitren risle gennem min krop.

Som en frydefuld gysen.

Jeg spurgte, om hun også kunne mærke energien?

"Ja", hun var vant til den nu.

Jeg havde en følelse af, at skoven talte til mig... at der var noget... eller nogen der iagttog os... mig, mens vi gik rundt på stien.

Jeg gik, betaget af denne energi, rundt blandt træerne.

Stoppede op hist og her... lagde impulsivt hænderne på nogle af træstammerne og mærkede livskraften pulsere lystigt.

Den livlige å skar sig snoende og højlydt gennem skovbunden, ovenpå nattens regnskyl.

Delte skoven i to.

Op langs åen lå der store flade trædesten.

Det var muligt at gå fra den ene bredside til den anden.

Jeg så mig for, inden jeg satte min fod ned.

Skridt for skridt.

Instinktivt.

Forsigtig med ikke at træde på noget... eller nogen.

Det kunne jo være "nogens" forhave.

Jeg kunne høre en forunderlig hvisken mellem træerne. Jeg spurgte min veninde om hun også kunne høre det???

Det kunne hun godt.

"Hvad siger de"; spurgte jeg nysgerrigt.

"Lyt selv efter", svarede hun grinende retur... og gik videre.

Wouw... Sku jeg kunne høre noget... jamen det måtte jo komme an på en prøve, så jeg stod helt stille.

Lyttede...

Mit hjerte føltes pludseligt meget stort.

Som når man er forelsket - følelsen.

Jeg fornemmede træernes hvisken.

"Se hende. vi kender hendes sjæl.

Hun er blevet voksen nu."

Jeg smilede... overrasket over den følelse træerne gav mig.

Veninden kaldte... De ville gerne hjem nu, så jeg gik langsomt videre.

Hist og her så jeg nu små "huse" i gamle stubbe - og flere steder op langs træstammerne... dér hvor de store grene voksede ud.

Jeg hviskede stille... *"Må jeg se jer?"*

Til Feerne og Gnomerne.

Der skete ingenting.

Eller jo, der blev helt stille.

Jeg fortsatte...

"Jeg ved I er her, jeg kan høre jer...

Jeg mærker jer."

Fortsatte med: *"Jeg har den dybeste respekt for jer"*.

Min veninde kaldte... at vi sku køre nu, så jeg gik i retningen af bilen... og lige med ét så jeg dem...

Små lysende glimt.

Feerne.

Små yndige væsner.

Gnomerne også...

De faldt i et med deres elementer.

Jeg skulle virkelig se godt efter.

Jeg hørte deres hvisken... de var ivrige.

Desværre forstod jeg ikke hvad de sagde.

Og det var okay... jeg forstod essensen.

Jeg elskede hvert sekund jeg var i denne oplevelse...

denne smukke gave, de gav mig den dag i skoven.

Da jeg stod i udkanten af skoven, vendte jeg mig om og sagde:

"Af hjertet tak for denne ubeskrivelige smukke oplevelse. Jeg tager den med mig... i mit hjerte".

Jeg var - og er stadig inderligt taknemmelig for deres tillid.

Dén de viste mig på denne magiske dag... i skoven.

I dag, når skoven viser sig fra sin smukkeste side, når løvet skifter farve, tænker jeg på disse underskønne feer og gnomer, der samarbejder med skovens træer...

vandets kraft og vindens styrke... året rundt.

Træerne gav mig mindet om min barndomstid tilbage.

Af hjertet tak.

Jeg elskede at rende rundt i skoven tæt på mit barndomshjem.

Jeg legede alene i min egen lille fantasiverden.

Dér var jeg dybt forbundet til træerne og dyrene dagligt,

så det gav mening nu...

- da træerne hviskede... " *hun er blevet voksen* ".

De genkendte mig.

Min energi.

Træerne er forbundet i et kæmpe underjordisk netværk.

På den måde er alle skove magiske...

Denne tid på året - Berit Angelina Schmøde

Jeg sidder i min bil, med retning mod syd.

Solen skinner varmt igennem forruden.

Solen gør mig altid glad... helt ind i cellernes dybde.

Den mindste lille solstråle jeg finder, stiller jeg mig i,

med lukkede øjne og ansigtet vendt opad.

Som om jeg oplades af denne lune og livgivende
energikilde.

Mens jeg kører, strejfer mine øjne landskaberne der
passerer forbi, på turen mod motorvejen.

Jeg kan ikke undgå at bemærke de brune, golde marker på
begge sider af landevejen.

Der er ingen tvivl om, at efteråret har sat ind.

Denne følelse af, at alt liv ebber ud.

Den nøgne jord ligger tilbage.

Bonden har høstet deres rigdomme, der før stod så stolt og vejede i vinden.

Et vidnesbyrd...

med al sin tydelighed,

at det er efterårets tur til at træde i karakter.

Den overtager sommerens lys, varme og kraft.

Når efteråret folder sig ud,

mærker jeg det med blandede følelser.

Træer og buske ændrer næsten alle ydre.

Bladene skifter kulør.

Mangfoldige er de der iklæder sig disse smukke farver.

Lige fra de gule til orange...

og flere nuancer af de røde blander sig med det stedsegrønne.

Smukt er det at skue. Det indrømmer jeg gerne.

Især sådan en dag,

hvor solen lyser op...

og bladenes glansfulde farver fryder sjælen...

før de ændrer sig,

falder af og stille visner hen i glemslens mørke muld.

Naturen ender med at være brun, grå og sort... fugtig, kølig og trist.

Jorden går i dvale. Dyrene går i hi.

Jeg plejer at gøre ligeså.

Sindet forbereder sig på denne kommende mørke-tid.

Tiden hvor timerne mellem dag og nat bytter rundt.

Tiden kommer snigende.

Som om jeg ikke må opdage den.

Før var årstidsskiftet lig med sinds-uro.

Ligesom dyrene der krøller sig sammen og går i hi for vinteren,

gjorde mit sind og legeme det ligeså.

Det skabte forskellige udfordringer gennem årene.

Verden var ikke indrettet til, at jeg kunne følge denne instinktive trang til at rulle mig sammen under dynen og gemme mig væk...

indtil foråret atter spirede frem igen.

Jeg har øvet mig i at acceptere tidernes skiften.

Fokus... på Moder Gaias efterårs-skønhed.

Det tager tid.

Jeg bliver bedre og bedre for hvert år jeg er her.

Denne rigdom af sanseindtryk,

bruger jeg bevidst til at åbne op i mit sind.

Mine øjne nyder denne smukke farvelade i løvet.

Min næse fornemmer den fugtige muld,

sødmen fra de nedfaldne frugter

- og mine ører lytter til trækfuglenes vingesus.

Da jeg kører af motorvejen, ser jeg overrasket, at hernede - på den anden side af Farøbroen, er markerne *ikke* alle brune og golde endnu.

"Interessant", udbryder jeg.

Sikken en forskel der er... her i lille Danmark.

På vejen hjemad igen, bemærker jeg igen en af de brune marker.

Denne her har fået besøg af en flok hvide måger, der spankulerer selvglade rundt.

En flok sorte krager har gjort dem selskab.

Det ser ikke ud til at skabe ufred eller konflikter mellem racerne.

Fuglene blander sig i deres søgen efter en efterladt godbid, mens de alle vandrer rundt. Skiftevis med hovedet højt hævet - og efter nogle skridt pirker de i muldjorden igen.

Det ligner, at naturen skaber billeder af Yin og Yang, tænker jeg muntert.

På landevejen igen... får jeg øje på en mark, der stadig er lidt grøn.

Det ligner efterladte rapsfrø, der har kæmpet sig vej op af mulden igen.

Små grønne stilke med små sarte gule blomster på.

Minsandten om ikke der kommer en mark længere henne på modsatte side.

Lysegrøn. Med små hvide blomsterklaser...

lidt ligesom små lette snefnug.

Jeg erkender nu med et smil...

- ikke alle marker er brune på denne tid af året.

Det småregner.

Vinden blæser lystigt.

Rusker lidt i bilen mens jeg kører hjemad.

Bladene får en flyvetur.

Et rødt blad lander på min regnvåde forrude.

Jeg tænker fornøjet ved mig selv,

at dette måske er vindens måde at sende mig et "kys"

og et "vi ses igen",

- når naturen vågner af sin vintersøvn

og der atter kommer lune vinde fra syd... på ny.

Indtil da... tænder jeg en masse stearinlys i stuen.

Putter mig i sofaen...

og lader historierne og fantasien komme til udtryk... om denne tid på året.

Sankt Michael tradition i Præstø - Charlie Dickinson Bang

Vi befinder os i byen Præstø, det er her historien starter. Det er den 27. september, og der er ikke nogen at se, gaderne er tomme og der er helt stille, undtagen lyden af en kuffert på hjul og en kvindestemme. Hun synger mens hun går ned ad gaden. Sangen lyder: "Æbler lyser rødt på trænernes grene og høsten går ind...".

Hun er en ny beboer i Præstø og hendes navn er Amalie og er 21 år gammel. Amalie er lige flyttet hjemmefra. Hun skal bo i hus nummer nr.28 i Adelgade. Nå her er det så, bedstes gamle hus, tænker Amalie. Hun står uden for et rødt hus med stråtag. Amalie fisker en nøgle op fra sin inderlomme på sin frakke, og åbner døren til sit nye hjem. Her skal nok blive hyggeligt, når jeg lige har fået givet det hele en kærlig hånd, siger Amalie til sig selv. De næste to dage bruger Amalie på at få flytte ind, gøre rent og ordne udenfor i haven.

Det er nu den 29. september, og det betyder at det er Sankt Michaels aften, hvor man lader gå af de tanker og følelser man ikke længere vil slæbe rundt på, og acceptere de små særheder hos sig selv. Amalie har glædet sig, det er en af de ting ved efteråret hun aller bedst kan lide. Klokken er 6.00 om aften og Amalie er ved at gøre sig klar til at skrive 3 ting ned, som hun vil lade gå, da det banker på døren, så hun går ud for at åbne.

Uden for døren står en ung kvinde, en lidt ældre kvinde og en dreng, som ikke kan være mere end 10 år. "Godaften" siger Amalie, "hvem er I?" "Godaften" siger den ældste af de to kvinder, "jeg hedder Helga, og det her er min datter Hope og min søn Erik, vi er dine nye naboer". "Hyggeligt at møde jer, jeg hedder Amalie". "Rart at møde dig Amalie", siger Helga. "Vil i ikke komme indenfor", "jo det kan vi da godt, hvis du har tid" svarer Helga. "Det har jeg!". "Hvad laver du så her til aften" spørger Hope om. "Jeg holder Sankt Michaels aften". "Hvad er det", spørger Erik. "Det er en aften hvor man lader gå af de ting som ikke gør noget godt for en, og acceptere de små særheder man har", siger Amalie og smiler. "Må vi være med" spørger Hope, "ja hvis I vil" svarer Amalie. "Det vil vi gerne, kan vi ikke?" spørger Erik sin mor. "Jo det kan vi godt", og giver sin søn en knus.

Så sætter de sig ned alle sammen og skriver 3 ting ned som de også vil lade gå, og laver en tegning med de ting som de vil acceptere om sig selv, eller forbedre sig på. "Hvad så nu", spørger Hope, "hvad gør vi ved de ting som vi ikke længere vil have hængende over hovedet". "Vi går ud og laver et bål, og så brænder vi papirerne på bålet mens vi synger Sank Michael sangen", fortæller Amalie. Så det gør de, Amalie er dygtig til at lave bål, og på ingen tid har de et bål hvor de kaster papirerne ind i. så synger de Sankt Michael sangen, den lyder sådan her: "oh ubesejrede Gudehelt Stk. Michael kom os til hjælp, drag med i felt hjælp os at kæmpe de fjender dæmpe Sank Michael...".

Og sådan starter en tradition i Præstø, ja nemlig en tradition, for da folk hørte om den blev de nysgerrige, så der kom der flere og flere til. Den 29. september blev kendt som Sankt Michaels aften i Præstø.

Oplevet nede i det lokale supermarked - Lena Lessel

Jeg skulle handle et par småting i mit lokale supermarked. Det er et godt sted og de har et fint og bredt udvalg af mange varer. Derudover gode muligheder for at sende og modtage pakker. Ansatte der smiler venligt til én.

Forleden dag oplevede jeg desværre en trist situation mellem to ansatte, en lidt ældre og en yngre. Jeg har set dem mange gange før og hilst på dem i butikken.

Den lidt ældre i denne situation rasede pludseligt mod den yngre i fuld offentlighed. Gennede den yngre ind i mellem rækkerne af varer. Nærmest råbende og kaldte den yngre grimme ting, mens den ældre trods alt forsøgte at dæmpe tonelejet, uden det store held. Noget med at denne ikke syntes den yngre lavede nok. Jeg hørte den ældre sige til den yngre, nu havde den ældre været på job siden halv seks og knoklet rundt lige siden. Ingen tvivl om at frustrationen og stressen lyste ud af den ældres ansigt.

Men jeg kunne ikke være i det så jeg valgte at sige noget til den ældre. Jeg sagde blandt andet, men på en meget rolig og venlig måde, hvor ondt det gjorde i mig at overhøre dette. At jeg godt kunne lide at komme i butikken, men det gjorde mig så ked af at høre hvordan der blev talt til den yngre. Jeg sagde mange flere ting, som samtidig anerkendte den ældres frustration. Jeg lagde kort en hånd på skulderen af den ældre og kunne mærke at lige der opstod lidt ro. Den ældre virkede til at reflektere lidt over mine ord, selvom der uden tvivl var en modstand på ikke at få ret i den ældres handlinger i situationen. Jeg appellerede kraftigt til at de måtte få hjælp højere oppe fra til at få skabt et bedre arbejdsmiljø. Måske også den vej få udløb for deres frustrationer. Ej tale så grimt til hinanden, i stedet sætte sig ned sammen og for talt det igennem på sæt og vis. Det var tydeligt for mig at se den stakkels yngre ansat blive lukket helt ned som menneske og var ekstremt påvirket af at blive kaldt grimme ting. Jeg nævnte overfor den ældre at bruge girafsprog frem for det hårde ulvesprog. Bruge "jeg" fremfor "du" i sætningerne. Jeg valgte at afslutte samtalen med det håb om at de ville finde en løsning.

Da jeg efterfølgende gik hen til kassen for at betale for mine varer, stod der her en anden yngre ansat, kiggede på mig og sagde "tak fordi du sagde noget!"

Der var nok en del der ikke ville have sagt noget. Risikoen for at opildne konflikten kan være stor. Det kan være hvis jeg på en grov måde havde sagt at de skulle tale ordentligt til hinanden! Samtidig med at der kan være en lille uskreven regel om ikke at blande sig for meget i andres gøren og væren! Heldigvis jeg gik faktisk derfra med en følelse af at have gjort noget rigtigt, set i lyset af den anden yngres sætning. Tak fordi du sagde noget!

De forheksede fødder - Birthe Aela Faarvang

Jeg har ladet mig fortælle, at der engang for længe, længe siden, boede en skomager i den lille landsby Hejringe, der ligger mellem Birket og Kældernæs på Lolland.

Denne skomager havde ry for at være en usædvanlig dygtig håndværker.

Det fortælles, at han var så kendt for sit gode håndværk, at folk kom fra nær og fjern for at få syet både sko og støvler.

Det fortælles også, at der var dem, der mente, at han var venner med de underjordiske, for så dygtig kunne ingen skomager være. Men, da han aldrig gjorde forskel på fattig og rig, var der ingen, der dadlede ham derfor.

Det fortælles også, at han på et tidspunkt, fik en bestilling på et par røde knapstøvler til en pige på knapt fem år, hvilket i sig selv ikke var så usædvanligt.

Det usædvanlige skulle have været, at pigen, der var datter af en meget rig adelsmand fra det nordlige Jylland, led af en sygdom, ingen, hverken før eller siden har hørt om.

Pigens fødder havde en mærkelig mani, de drejede sig, i hvilken som helst retning, der passede dem, uden hensyn til den stakkels pige.

Når pigen ville fremad, gik fødderne sidelæns, når hun ville til siden, gik fødderne baglæns.

Ikke en gang sin nattesøvn undte de hende, knapt havde hun lagt sit lille hoved på puden før de gav sig at danse.

Pigen var så bange for, hvad fødderne kunne finde på, at hun mange gange havde bedt sin far om give hende et par nye.

Men som alle jo, ved, kan det ikke lade sig gøre.

Faren, der ikke vidste sine levende råd, bad godsets snedker fremstille en fodholder, der var så stærk, at det ikke var muligt for fødderne at bevæge sig.

Men så skete der det, at der på adelsmandens gods blev ansat en ny stuepige. Denne stuepige var vokset op i Torrig, en landsby få kilometer fra Hejringe.

Stuepigen, der havde ondt af den stakkels pige, fortalte adelsmanden om Hejringes berømte skomager. Der, mente hun, nok kunne sy et par støvler til pigen, som kunne få fødderne til at opføre sig som fødder nu en gang skal opføre sig.

Adelsmanden tænkte, at det måtte prøves, da det umuligt kunne blive være.

Sammen drog de afsted til Lolland, hvor de efter et langt hvil, på en landevejskro, kontaktede skomageren. Adelsmanden fortalte skomageren om de trængsler, hans datter måtte leve med på grund af de umulige fødder, der gjorde som det passede dem.

Skomageren, der var en forsigtig mand, og nødig ville have noget udestående med adelsmanden. Sagde, at han, hvis han kunne, ville han gerne gøre sit til, at fødderne holdt sig i ro. Men at han ikke turde love noget, da han aldrig før havde haft sådan en opgave, han var også bekymret for om pigens fødder var forhekset.

Adelsmanden, der selv havde haft den samme tanke, tilbød skomageren en stor pose penge, og sagde. at han ikke skulle bekymre sig, hvis det ikke lykkedes ham at sy et par, støvler, der kunne hjælpe på datterens problem.

Skomageren gik, da straks gang med at tage mål til støvlerne. Til alles overraskelse hold fødderne sig fuldstændig i ro.

Straks skomageren var færdig, hentede han det fineste røde kalveskind, og gav sig i gang med at sy de fineste knapstøvler.

Da støvlerne var færdige, blev en præst, der var kendt for at drive onde ånde ud, tilkaldt både for at velsigne støvlerne og for drive eventuelle onde ånder ud af fødderne.

Adelsmanden takkede skomagerne mange gange, og før de drog afsted, aftalte de, at skomageren skulle sy datterens næste par støvler.

Næste morgen, da skomageren kom over i sit værksted, så han til sin forfærdelse de røde knapstøvler løbe op og ned ad loftstrappen, som havde de selveste den onde selv i hælene.

Skomageren, der nu ikke længere var i tvivl om, at pigens fødder var forhekset, flygtede ud af sit værksted for aldrig mere at vende tilbage.

Og ingen har siden, hverken hørt eller set skomageren, stuepigen, adelsmanden eller pigen med de forheksede fødder.

Skomagerværkstedet er for længst revet ned, men det fortælles, at støvlerne, stadig løber op og ned ad loftstrappen, som har de selveste den onde i hælene.

På vej fra Vordingborg til Sjællands Odde - Margarethe Mannsperger

Skrivekurset I DGI -Huset den 2.10.2024 sluttede klokken 16.

Jeg gik ud til bilen og spiste min madpakke. GPS' en skulle navigere mig gennem byen ud til

forstaden og så videre til Sjællands Odde. På vej ud ad byen meddelte min telefon, at der kun var 20% strøm tilbage. Med den lille mængde strøm kunne jeg ikke nå Sjællands Odde.

Søde ansatte i dagligvarebutikken gav mig lov til at oplade mobilen. Jeg købte en flaske økologisk hvidvin og chips og så ville jeg hygge mig med et glas vin og chips på færgen.

Da mobilen var halv opladet, tænkte jeg, at de 50% strøm ville række til færgen.

Efter jeg havde forladt forstaden, viste GPS'en pludselig til højre over en markvej til København. Jeg blev noget mistroisk i forhold til GPS'en.

Det var ikke godt, fordi jeg skulle jo finde de rigtige vejnumre i rundkørsler og de rigtige til - og frakørsler. Jeg skal have papir vejkort i bilen ved større rejser !

Jeg kom forbi tanken på venstre side af vejen, hvor jeg sidst pumpede luft i dækkene.

Lufttrykket var meget lavt. Nu skulle jeg se, om dækkene igen trængte til luft. Der var en

ung Motorcyklist, som pumpede sine to hjul op. Han spurgte, om han kunne hjælpe mig

og det gjorde han så.

På vej igen skete det, at jeg tog en forkert frakørsel og kom på afveje. Jeg kom i en by, hvor jeg bare kørte i ring.

Ud af byen igen, var jeg pludselig på meget små veje gennem meget små landsbyer. Jeg spurgte en forbikørende kvinde, hvordan jeg kunne komme til en større vej, som ville føre til Motorvejen ved Holbæk.

Hun sagde, at der var vejarbejde og spærret for trafikken på den større vej. Jeg skulle ad

bagveje til Holbæk.

Nu var det helt mørkt og tiden gik. Kan jeg nå færgen ? Jeg begyndte at tvivle !

Jeg kørte over en motorvej uden mulighed for at køre på. Endelig kom jeg til Holbæk. Nu

er der ikke langt til Odden. Færgen ville ikke vente. Så jeg skulle skynde mig.

Efter lang tid på vej sagde GPS'en ''800 meter til destinationen''.

Igen en forkert meddelelse.

''Destinationen'' kunne ikke være færgelejet ! Eller ?

Da jeg var kørt forbi, tænkte jeg, måske er det en omvej til færgen på grund af vejarbejde..

Så vendte jeg om. Nej, det kunne ikke være den rette vej til færgen.

20.40 var jeg på pladsen foran færgelejet, som lå stille og mørkt hen. Den sidste færge var sejlet. Skulle jeg sove i bilen på den mørke plads ? Den første færge sejlede 7.10.

Det turde jeg ikke.

Jeg ville finde Odden Havn, den almindelige til små skibe. Der var jeg for nogle år siden med vores skib, Aalekvasen Anna. Dengang var vi i Holbæk til pinsestævne for træskibe og på vej hjem til Århus.

Der må være en havnecafé eller noget, hvor jeg kunne spørge efter et sted, jeg kunne sove.

Altså væk fra Odden færgeleje.

Da så jeg i det fjerne billygter nærmer sig. Den bil måtte jeg standse og spørge efter vejen til

Odden Havn.

Det var en engelsktalende kvinde i en hvid Tesla, der standsede. Hun sagde, jeg skulle bare køre efter hende til hendes sommerhus, så ville vi finde ud af noget.

Da vi landede ved hendes sommerhus, kom manden ud. Han virkede ikke helt tryg ved mig.

Men jeg kunne komme indenfor og oplade mobilen, som i mellemtiden var løbet helt tør for strømmen. Den kunne nu hverken vise en forkert eller rigtig vej.

Efterhånden som jeg forklarede mig, var der mere tillid mellem os.

Nu var vinglassene kommet på bordet og den nu tillidsfulde mand skænkede hvidvin.

Hans engelsktalende kone havde den californiske Sols lys og varme i sig. Hun var meget hjertelig. Manden ringede til en nabo og spurgte om han havde plads til mig.

Jo, han skulle lige rydde lidt op i annekset. Så kunne jeg være der!

Den digitale dagsorden – Emil Delord Frimand Probst

Jeg kigger på min telefon. Det er morgen. Jeg er lige stået op. Er jeg vigtig nok i dag? Det er spørgsmålet, jeg ubevidst stiller mig selv, når jeg kigger på min telefon for at se, om nogen har sendt noget til mig. Klokken er otte, så verden er vågen. Den sover aldrig. Den har haft masser af tid til at sende mig noget. Men skærmen er tom. Der er ingenting. Jeg er tom. Jeg er ingenting.

En besked fra min mor tikker ind: Kommer ud hjem i weekenden Skat?

Kys og kram Moar. En emoji med kysmund, en med hjerter i øjnene og en med hjerter omkring sig. Sådan slutter beskeden fra mor.

Jaja, tænker jeg, men skriver det ikke. Mor må vente. Jeg skal op. Jeg er allerede sent på den og så ovenikøbet til første dag. Første dag i resten af mit liv. Mellem badeværelsesbesøgene og morgenrutinen tjekker jeg jævnligt telefonen. Jeg skulle jo nødigt gå glip af noget! Hold mig opdateret, gør mig klogere, forbind mig med verden, skriger det lille barn indeni mig, som har svært ved at være til stede i nuet. Være præsent. Ligesom en gave. En gave til verden. Jeg er denne gave, minder jeg mig selv om, når livet bliver svært. Det er svært at være god nok, synes jeg. Men hvem prøver jeg at imponere? Hvem er det vigtigt at imponere - og hvorfor? Tankerne flyver frit i en hvirvelvind af virvar og ildesete illusioner. Jeg skal være til stede. Alle steder. Hele tiden. Er jeg ikke nærværende nok,

fortæller mine venner mig det kærligt med en bemærkning om, at *der er nok nogle, der er asociale.*
Er jeg for lang tid om at svare på mine beskeder, tror mine venner jeg er uinteresseret i dem. Vigtigst af alt skal jeg være til stede i mit eget liv. Så jeg ikke glemmer mig selv. Men hvem er jeg egentlig? Et produkt af mine tanker og handlinger. Af mine valg som i en uendelig række af beslutninger skubber mig et skridt tættere på døden. For det er vel målet med livet. Døden. Eller er det omvendt. Det er ned ad filosofiens sti, jeg vandrer, når jeg flyver væk i mit indre univers. Væk til fjerne egne, hvor jeg er til stede. Fuldt ud. Hele tiden. Her er der ingen alarmen ringer.
Jeg må afsted. Bussen går om fire minutter. Der er fem derned. Jeg var vist faldet i staver. Fra dagdrømmens slipstrøm låser jeg døren og lunter ned ad trappen. Jeg tager min telefon frem, kigger på klokken og lægger den tilbage i lommen.

Jeg drejer om hjørnet og ser bussen accelerere henimod stoppestedet. Jeg sætter selv farten op og vinker den ind til siden. Men der er andre end mig, som også skal med. Det er Aarhus. Så speciel er jeg ikke.

Bussen er fyldt. Som sædvanligt. Jeg orienterer mig og ser et ledigt sæde. Men er for langsom. En ung mand med musik i ørene og sin telefon i hånden snupper det, inden jeg gør. Jeg finder et sæde ved siden af en ældre dame. Hun sidder med en indkøbspose. Jeg sætter mig på sædet. Kigger rundt. En mand snakker i telefon. Et sprog jeg ikke forstår. Ellers er der stille. Ingen taler sammen. Folk kigger på deres telefon.

Ham på sædet foran scroller gennem sit instagramfeed. Video efter video han knap nok ser. Som jeg knap nok ser. Jeg kigger på min telefon for at se, hvad klokken er. Blandt notifikationer og opdateringer fra diverse applikationer har min studiegruppe skrevet. "Den nyeste opdatering er tilgængelig nu", ser jeg, og lægger telefonen i lommen. Jeg glemte helt at se, hvad klokken var.

Min telefon tager mig tættere på dem, der befinder sig langt væk, og skubber mig længere væk fra dem, der sidder lige ved siden af.
Sådan er det hele dagen. Hele livet. Inden jeg ser mig om, er dagen forbi.

Jeg kigger på min telefon. Det er aften. Jeg er lige gået i seng. Har jeg været vigtig nok i dag? Det er spørgsmålet, jeg ubevidst stiller mig selv, når jeg for sidste gang kigger på min telefon for at se, om nogle har sendt noget til mig.

Min fantastiske nabo - Lone Rytsel

Jeg vil godt fortælle, om min fantastiske nabo, altså ikke min nabo, sådan set, men hun bor i nærheden af mig i udkanten af en nærliggende mindre landsby i Sydsjælland.

Jeg har kendt hende i nogle år efterhånden, men har aldrig rigtig fundet ud af, om hun lyver eller bare er meget fantasifuld, og det gør nu heller ikke så meget. Måske har hun bare en veludviklet fantasi, og den elsker jeg at høre mere om.

Første gang jeg talte med hende, var da hun var oppe hos den lokale købmand. På vej ud af døren snublede hun over en flaske, så hun tabte balancen og tabte indholdet af sin indkøbskurv.

Hun gik altid rundt med en lille kurv, som hun senere fortalte mig, at hun faktisk arbejdede med om vinteren, så hun kunne tage med på Gyldne dage i Præstø, hvor hun havde en lille bod.

Hun kunne ikke sidde stille, uden hun tændte for sin radio eller hørte en lydbog, og havde noget i hænderne samtidig. Det havde taget hende flere år at vænne sig til at læse en bog på den måde, men hendes syn var blevet dårligere, så hun ikke længere kunne holde til at læse mere end en halv time ad gangen, og på den måde kunne man ikke nyde en bog, mente hun.

Men nu var kurven væltet og gået i stykker, fordi den havde ramt kanten af en hylde og indholdet væltede ud til alle sider.

På grund af hendes dårlige syn, kunne kun ikke samle det hele op, for hun havde købt småkager, bolsjer og havregryn, og alle poser var gået op og væltede ud og blandede sig med hinanden.

Jeg fik rejst hende op og ville begynde at hjælpe hende. Men hun tog fat i mig og sagde:

-   Nej, først skal vi sidde her ved siden af hinanden og finde forklaringen på, hvorfor det skete. Tror du, der er nogen, der er misundelige på mine varer? Du behøver ikke svare. Jeg ved, det er de små skovtrolde, der er krøbet ned i min kurv, da jeg var ude og plukke svampe i går. Kan du se, hvordan de piler rundt og samler det hele sammen og er på vej ud ad døren. Hov, der kommer flere ind nu. Lad os blive siddende lidt endnu. Luk øjnene og om et øjeblik er alle mine varer væk, så kurven bare står og ser ødelagt. Luk du bare øjnene.

Jeg var fuldstændig målløs. Jeg sad på gulvet hos den lokale købmand, talte med en fuldkommen fremmed kvinde, der var væltet med sine varer og sad og talte om skovtrolde.

Jeg lukkede mine øjne et kort øjeblik.

- Godt. Nu kan du godt åbne øjnene igen og rejse dig op.

Jeg gjorde, som hun sagde.

Hun havde rejst sig samtidig med mig, og vi stod begge to og så på gulvet og den tomme ødelagte kurv. Ingen varer tilbage og ingen skovtrolde.

Jeg vendte mig om for at se, hvad de andre kunder gjorde.

De gjorde ingenting. Det var som om, de intet havde set. Som om der intet var sket.

Men kurven lå der stadig og var stadig gået i stykker.

Jeg kan stadig ikke forklare, hvad der skete. Den eneste forklaring, jeg kunne finde, var, at tiden var gået i stå, mens jeg oplevede en nabo, der havde tabt sine varer, ødelagt sin kurv og havde fået skovtroldene til at bortføre de varer, de ønskede.

Jeg vendte mig om til kvinden, men hun var væk, og jeg så hende først flere måneder senere, da jeg gik en tur i skoven.

Pludselig så jeg en lille hytte, der var godt skjult bag en masse vilde blomster. Hun åbnede døren og bød mig velkommen.

Jeg har siden besøgt hende flere gange, og hun havde altid nogle fantastiske historier at fortælle om sine venner skovtroldene.

Men som hun sagde:

- Jeg har bedt dem, om at blive hjemme i skoven og ikke kravle op i en af mine kurve, for jer, der bor inde i byen, forstår sig ikke på fantasi.

Virkelighed eller fantasi?

Hvem tror på skovtrolde og tidsforskydninger?

Da købmanden lukkede - Lone Rytsel

Sikke en katastrofe, da købmanden lukkede.

I 1985 flyttede min mand og jeg på landet. Langt ude på landet. Bare et lille hus i gasbeton, selv om vi havde drømt om et lille stråtækt hus, som bare skulle bruges som sommerhus.

Kunne noget være mere romantisk end et stråtækt hus? Tænkte vi den gang. Heldigvis stod vores lille gasbeton hus lige midt i en lille landsby og til en pris, der passede os. I dag er vi blevet klogere, og godt det ikke blev et lille fugtigt stråtækt hus. Nu var det et tæt hus, som ikke krævede så meget vedligeholdelse i første omgang.

Vi syntes, vi var kommet langt ud på landet, men det var nu kun under 100 km. fra vores bolig i Albertslund. En lille landsby syd for Præstø.

Men hvor var alting så forskelligt fra det, vi var vant til. Vi boede i Albertslund, da byen var ny og skabt til beboere, der ikke havde biler og masser af muligheder for børn. Et gårdhavehus, som var lukket, så mindre børn kunne komme udenfor uden at blive borte og senere skoler og institutioner ganske tæt ved. Da vores datter første gang som 7-årig kom op på en vej med biler og en lyskurv, kunne hun ikke finde ud af, hvor det var hun skulle finde "den lille grønne mand", når hun skulle over vejen, for han stod jo både på den ene og den anden side. Der var nærbutikker ganske tæt på, for ikke at tale om bank og posthus.

Men på landet var det ganske anderledes. Alle havde bil og ingen butikker i nærheden. I begyndelsen betød det ikke så meget, for vi var der kun i weekenden og medbragte, hvad vi skulle bruge fra Albertslund. Men efterhånden blev vi så glade for at være der, at vi tog så mange dage med, som det var muligt.

Og så begyndte problemet, for hvad nu, hvis vi havde glemt noget. Ret hurtigt besluttede jeg mig for, at vi skulle være selvforsynende, så jeg måtte lære at lave mad og bage, uden bare at kunne gå hen til supermarkedet og købe det, der manglede. Jeg fandt ud af at bage med bagepulver, som jeg jo altid havde, og kunne lave min egen mayonnaise, for det kunne vi da bestemt ikke undvære til de dåser makrel, torskerogn og æg, som vi altid havde rigeligt af. Vi var velforsynet, når vi fik gæster, der skulle ned og se vores nyerhvervelse.

Men vi opdagede også hurtigt, at der kun var 5-6 km. til den lokale købmand, så det ikke længere var nødvendigt at være helt så selvforsynende, og vi kom til at elske vores lokale købmand. Der var tid nok til en lille snak. Det var købmandens kone, der sad ved kassen og alle ventede tålmodigt i køen, hvis vi var i gang med en spændende diskussion eller blandede sig måske også , og for nogle af mændene var der mulighed for at få en snak med købmanden selv ude bagved og en lille håndbajer. Varerne kunne godt være lidt over udløbstiden, men så måtte vi nøjes med at købe det, der kunne holde sig, og som købmanden sagde, at han kunne overleve, hvis bare hans kunder ville købe deres cigaretter hos ham, og ikke nøjedes med bare at købe det, de havde glemt at købe i supermarkedet.

Desværre overlevede han ikke. Sikke en katastrofe.

En dag skulle vi køre tæt på 10 km. til den nærmeste købmand, men heldigvis, var der både en købmand og en døgnkiosk, som havde lange åbningstider. Det var virkelig hårdt at skulle køre så langt. Føltes næsten som en dagsrejse. Vi undrede os over, at der kunne være 2 butikker, og det holdt heller ikke længe. Nu er der kun én købmand, som til gengæld er fulgt med tiden, og arrangerer vinsmagning, loppemarkeder og julefest i samarbejde med kirken, så tror, han overlever.

I dag har vi lært, at det er fint at tage bilen, når vi skal handle ind, men vi frygter den næste katastrofe, hvis vi en dag ikke kan køre bil mere.

Jeg ved godt, vi kan bestille varer på nettet, men jeg vil savne kontakten med en købmand.

Landsbyliv under forandring – Lone Rytsel

Den dag den nye nabo flyttede ind, skete der noget helt magisk. Landsbyen ændrede karakter. I hvert fald for mig. Ikke fordi jeg så meget til dem, men bare det, at de var hjemme og udøvede deres kunst, smittede af på mig.

Jeg bor i en lille landsby i Sydsjælland og har boet der i næsten 40 år. Da vi flyttede hertil, var vi heldige, at vores naboer var nogenlunde på samme alder som os. Ikke samme interesser, men vi kunne godt hygge os sammen, og alle fødselsdage blev afholdt med de nærmeste naboer. Vi var altid mindst 20, når der skete noget fælles.

Vi hilste på hinanden, når vi mødtes på vejen, og naturligvis også, når vi mødtes i vores lille havn, som i starten var en fiskerihavn med ålefiskeri i flere generationer. Der var mange gamle fiskerhistorier, og min mand havde medbragt en båd, så han blev hurtigt lystfisker, og det gav lidt fælles interesser, men desværre blev fiskerne ældre, ålene forsvandt, og snart var der kun lystfiskere tilbage, og mange af dem boede ikke i byen, men i en større by i nabolaget, så der var ikke så meget fællesskab.

Derfor skete der noget helt magisk, da de nye naboer flyttede ind.

Landsbyen ændrede karakter. I hvert fald for mig. Ikke fordi jeg så meget til dem, men bare det, at de var hjemme og udøvede deres kunst, smittede af på mig.

Ingen af os mødes sådan i dagligdagen, for vi har alle travlt med vores kreative aktiviteter, men når det lykkes, bliver det timevis med snak om bøger, forfattere, det at skrive, det at være kunstner, det at finde en balance, når man opdager, hvor svært det kan være at fortsætte i samme hektiske tempo, som man gjorde, da karrieren startede og skulle udvikles.

At være kunstner på fuld tid, er ikke altid så let.

Heldigvis er jeg ikke selv i den situation. Jeg er så gammel, at jeg får folkepension, så der er et lille grundbeløb at leve af, og så kan kunsten supplere resten, og jo ældre, man bliver, jo mindre har man brug for, plejer jeg at sige, men det er nu ikke rigtigt. For hvis man stadig vil udvikle sig, er der også udgifter i det.

For nylig fandt vi nogle små gaver, som vi gerne ville glæde vores nye naboer med.

Men hvordan kunne vi gøre det?

Vi går ikke bare ind til hinanden, for hvis vi er i gang med skrive, eller er inspireret til en ny sang, så kender vi til, at det ikke er så godt at blive afbrudt i inspirationen.

Så måden er at sende en sms.

- Kan vi finde et tidspunkt, hvor vi kan invitere jer til en kop kaffe. Det er længe siden?

Og svaret kom hurtigt.

- Meget gerne. Det kunne være så hyggeligt, men den næste måneds tid er vi optaget af min nye bog, som vi arbejder sammen om.

Så var der kun en ting at gøre. Finde en dato, der lå en måned ud i tiden og et tidspunkt, der passede. Og det blev til et par hyggelige timer med lidt ost, lidt kage og et glas champagne.

Måske en anderledes måde at have venner på, men det passer os alle fire.

Helt anderledes end den gang, vi flyttede til landsbyen, hvor det var almindeligt, at man gik ind og ud hos hinanden, uden at banke på og ikke låste dørene. Det var absolut hyggeligt, men kunne også være lidt belastende, som om vi intet privatliv havde. Og vi kom fra Albertslund, hvor dørene var lukkede og låste, indtil vi selv lukkede op, så det var en stor forandring.

Men ting har det med at ændre sig. De første 40 år på landet foregik på én måde, og i de næste 20 år, må vi forvente et anderledes liv, for både os og vores naboer, som jo også er blevet ældre, og nogle er heller ikke blandt os mere.

Historien om Clara - Lone Rytsel

For et par år siden blev jeg inviteret til et event hos Clara. Det var meget specielt. Jeg havde fået en skriftlig invitation med besked om ikke at fortælle andre om det.

Det er kun muligt at komme hos Clara, hvis man er inviteret.

Hun bor midt på Sjælland, og jeg fik lov til at fortælle lidt om hende, men ikke fortælle, hvor hun bor. Hun ønsker selv at bestemme, hvem der skal kende hende og besøge hende.

Hun er en utrolig fantastisk kvinde. Hun er så fuld af livslyst og medmenneskelighed. Hun synes at elske alle mennesker. Både de gode og de onde. Hun er blevet 70 år, men ser stadig ud som en kvinde på 40.

Hun vandt i lotto. Den helt store gevinst og brugte pengene til at købe sin helt egen lille hytte midt inde i en stor skov.

Hun har nu boet der i 20 år, og er næsten blevet selvforsynende. Man skulle tro, at Clara var blevet en eneboer, men det er hun slet ikke. Hun inviterer ofte gæster og giver alle en oplevelse, som de aldrig glemmer.

Hun lægger altid en årsplan den 2. januar, og så går hun i gang med 2 lister. Én til hendes egne personlige opgaver. Blandt andet have og huset og én til de udadvendte events som hun tilbyder bibliotekerne rundt om på Sjælland.

Her kalder hun sig ikke Clara, og ingen ved noget om hendes privatliv.

Så bruger hun den første uge i det nye år til at planlægge, hvad der skal købes af frø, planter, maling og rengøringsmidler til det næste halve år, indtil det bliver sommer, og hun kan nyde resultatet af sit arbejde.

Jeg har da forresten helt glemt at fortælle, hvordan Clara ser ud. Hun har det smukkeste grå hår, der står som en puddelhund rundt om hendes hoved. Og så er det som om, der står en glorie rundt om hende.

Hun er slank og veltrænet, fordi hun bruger mange timer udenfor i naturen hver dag.

Alt klarer hun selv. Hun fælder træer, hun hugger brænde, hun samler svampe og blomster, og hun henter vand fra bækken til at vaske tøj med.

Hendes fortid for 20 år siden er dunkel, og ingen kender den. Men hun er populær og hendes events er velbesøgte.

Hun fortæller om det at være sig selv. Ikke være bange for at være til grin, fordi man mener noget andet end andre.

Og hendes påklædning lyser af hendes indre glød. Grønne, blå, gule blomster, striber og tern i alt hendes tøj.

Har du nogensinde mødt Clara?

Måske ikke. Det har jeg heller ikke. Men måske kunne jeg godt ønske, at jeg var lidt som hende.

Hun dukker op i mine drømme igen og igen.

Har jeg virkelig været på besøg hos hende, eller er det også i mine drømme, det er sket?

Gæt selv.

Du bestemmer.

Jiji Næse - På et eventyr - Eleonora Sofia Novitskaya-Ravn

JiJi næses fødselsdag

JiJi næse slog øjnene op, "Tillykke med fødselsdagen JiJi næse!" råbte alle. "Hvad laver vi?" spurte JiJi. "i dag er det din fødselsdag JiJi!" sagde måm måm koi. "ER DET RIGTIGT?" sagde JiJi næse. "ja, det er!" sagde peber. "det er den bedste dag i mit liv!" sagde JiJi næse. Smilende fugl og Martini laver en kage, men den er ikke lavet ud af sukker, mel og brød. Bare frugter som JiJi næse kan lide. Om et stykke tid, kagen var blevet færdig. Smilende fugl gav JiJi kagen, JiJi elskede kagen, selvom den ikke var lavet ud af sukker og mel. JiJi spiste kagen færdig, Gerald gav JiJi et legetøj, JiJi elsker sit liv. JiJi fandt en møl og Måm måm koi fulgte møllen ud af huset. De gik til JiJi næses yndlingssted, Plantorama. Gerald og Lilit og Solange elskede at kigge på krybdyr, men Merlin Monroe er bange for edderkopper og Smaug keder sig lidt, men de kan alligevel meget godt lide Plantorama. Nu går alle hjem.

En underlig frø

JiJi og hendes venner gik en tur, alting er normalt, ikke? JiJi opdagede pludselig et kvæk. "Kvæk", lød det igen. "jeg kan høre, at der er en frø!" sagde JiJi. "Jeg er faktisk lidt nysgerrig" sagde Måm måm koi. "Se, en banan!" råbte JiJi. "Det er frøen!" sagde Gerald. "Men den er lysegul og har en bananskræl på ryggen" sagde Pebernød. Salt stirrede på frøen. "Jeg tror, at den må være giftig" sagde Peber. "Noget galt venner?" sagde ringduerne, Uuh uuh. "Vi fandt en lysegul frø, med en bananskræl på ryggen" sagde Måm måm koi. "En lysegul frø, med bananskræl, på ryggen?!" sagde en af ringduerne, Uuh uuh. Pludselig, så alle nogen farvefyldte frøer, de var blå, lilla, lyserøde, lysegule, røde, gule og grønne. "Wow!!" sagde ringduerne overraskede. "Er de ikke giftige?" sagde Smaug. "Men, det var sejt alligevel" sagde Solange. Den lysegule frø tabte bananskrællen, og en af ringduerne tog selvfølgelig bananskrællen i en skraldespand. Kasper og Martini syntes dog, at det var mærkeligt.

JiJi næses banantræ

JiJi næse spiser en banan, og hun finder et lille
bananfrø, og det begynder at vokse. JiJis venner
syntes at det er spændende, "Jeg kan ikke vente!"
siger Kasper. Hverdag, vander JiJi banantræet og
giver det sollys. Tiden går, og banantræet vokser og
vokser, indtil at der dukker nogen bananer op. "Se!"
siger JiJi næse. "Sejt! JiJi" siger de andre. JiJi er glad
for sit banantræ, og bananer gror på det hverdag. JiJi
er vild, med bananer, så banantræet vil gøre det
nemmere, at få gratis bananer. Men JiJi finder også
nogen små og store bananer, og nogen mærkelige
nogen endda. JiJi finder flere frø og planter dem. De
vokser og vokser og bliver til flere banantræer, så hun
sælgere nogen banantræer. Det var en god dag, for
alle sammen nu.

JiJis drøm

Det var aften, og Gerald spillede spil, med JiJi, men
det var næsten tid til at sove. "Godnat alle sammen!"
sagde JiJi, og JiJi gik i seng. "Hvor er jeg?" sagde JiJi.
Husene blev til bananer og hun så flyvende biler.
"Wow!" sagde JiJi. Pludselig, så JiJi nogle
farveskiftende bananer. "Hvor kommer de bananer
fra?" sagde JiJi. En kæmpestor meteor faldt ned,
"BANG!!!!" sagde det. Meteoren gik i stykker, og der
var millioner kroner i meteoren! "Hvordan!!?" sagde
JiJi. Så så JiJi biler, formede som ringduer, og et
tilfældigt stykke jord på gulvet. JiJi vil spise de
farveskiftende bananer, hun spiste en banan, og så
kunne hun flyve! Hun fløj over det hele, og så bananer
over det hele. Så kom JiJi tilbage til det samme sted
igen og så 1000 balloner i himlen, så kom der en
meteor igen!! Åh nej!!! Pludselig, vågnede JiJi.
"Pyha, jeg har det fint" sagde JiJi. Så gik JiJi tilbage i
køkkenet og spillede spil sammen med de andre.

Forfatter-info:

Natasja Lee Dickinson - 47 år – Tappernøje -
Dickinsonlivemusic@gmail.com

Marianne Christensen – 70 år – Vordingborg -
Www.mariannechristensen.dk
marianne@mariannechristensen.dk

Gitte Navne Gram Rasmussen – 62 år – Tappernøje
- gnr2201@gmail.com Nemmehjemmesider.dk/side/ggr/

Lene Holm Hansen - Stensved - 61 år -
Lwnielsen@gmail.com

Lisbet Kronkvist - 57 år – Præstø - rullemarie@tdcadsl.dk

Nils Hartmann – 82 år - Appenæs -
forfatter@nilshartmann.dk   www.nilshartmann.dk

Ellen Johanne Larsen – 67 år - Skørringe ved Maribo -
Ellen.johanne.larsen@outlook.dk

Ellen Heglingegård – 77 år - Dalmose - ehk47@hotmail.com

Marianne Lapp - Møn – 54 år - Kontakt via Facebook:
Fanefjord Fiktion

Lise Ravnkilde - 65 år - Guldborg
- liseravnkilde.dk - journalist@liseravnkilde.dk

Mona Hvid – 71 år - Fuglebjerg - monahvid.dk

Eva Hare – 71 år – Snertinge - eva.hare@mail.dk

Berit Angelina Schmøde – 63 år -

Charlie Dickinson Bang – 18 år – Præstø

Lena Lessél Pedersen – Nyråd - Lenalessel.dk@gmail.com

Birthe Aela Faarvang – 80 år - Søllested

Margarethe Mannsperger – Egå -
margarethemannsperger@gmail.com

Emil Delord Frimand Probst - 23 år – Aarhus -
Emilprobst@gmail.com

Lone Rytsel – 79 år - Sandvig/Mern – lone@lonerytsel.dk

Eleonora Sofia Novitskaya-Ravn - 9 år – Haslev - Instagram:
eleonora_rav